L'Ours en peluche

LES PRESSES DE LA CITÉ

© Georges Simenon limited.

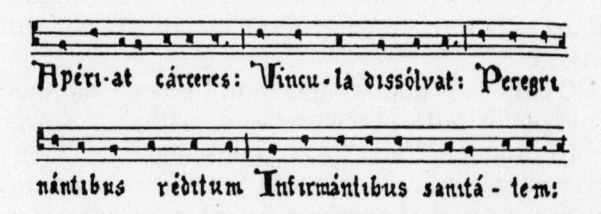

Áperi-at cárceres: Víncu-la dissólvat: Peregri-
nántibus réditum Infirmántibus sanitá-tem:

> *... qu'il ouvre les prisons, qu'il brise les chaînes,*
> *qu'il accorde aux voyageurs le retour, aux*
> *malades la santé...*
> *(Les Grandes Oraisons)*

1

Le déjeuner chez Lucien
et l'accouchement de l'Egyptienne

Il rêvait, il en était sûr, mais, comme presque toutes les autres fois, il aurait été incapable de dire le sujet de son rêve. Des images passaient en désordre, si rapides, si confuses qu'il ne parvenait pas à les saisir pour les retenir jusqu'au réveil. Il s'y efforçait, au point de s'épuiser, d'autant plus déçu que ces images-là signifiaient sûrement quelque chose et auraient pu lui donner une indication utile.

Tout ce qu'il en retenait, c'était... Les mots n'étaient pas justes, semblaient se contredire : une hostilité non agressive, une hostilité passive, diffuse, qui émanait davantage du monde inanimé que des hommes, d'objets sans force, de paysages imprécis. Il ignorait s'il y avait des êtres humains dans son rêve et, s'il y en avait, ils étaient sans visage.

C'était sans doute important. L'idée de manquer une piste, faute d'un effort, le déprimait.

En même temps, il avait conscience de l'heure, comme les autres matins. A travers son sommeil, il entendait le bourdonnement d'un aspirateur électrique au fond de l'appartement et il savait que la plupart des fenêtres étaient ouvertes. Il croyait même voir, alors que sa porte était fermée, que ses paupières restaient closes, les rideaux se gonfler dans les pièces vides.

Il attendait anxieusement de sortir de son coma, guettait le pas de Jeanine, celle des femmes de chambre qui, sauf le dimanche, lui apportait son café. Il entendait sur le plateau le choc musical de la porcelaine ; elle tournait le bouton de la porte, marquait un temps d'arrêt, il n'avait jamais su pourquoi ; une bouffée d'air frais lui arrivait avec l'odeur du café.

Jeanine s'avançait vers le lit, fraîche dans son uniforme, sentant encore le savon, et elle le regardait de haut en bas avant de prononcer d'une voix indifférente :

— Il est huit heures.

Qu'est-ce qu'elle pensait de lui ? Quels sentiments nourrissait-elle à son égard ? Comment témoignerait-elle, si un événement se produisait aujourd'hui, par exemple ?

« — Je suis allée l'éveiller à huit heures en lui portant son café.

» — Il se lève toujours à huit heures ?

» — Non. Cela change.

» — Comment saviez-vous, dans ce cas, que vous deviez l'éveiller à huit heures, ce matin ?

» — A cause du billet qu'il a laissé dans la cuisine. »

Et si on lui demandait ensuite :

« — Comment était-il ? »

Est-ce qu'elle le trouvait vieux ? C'était probable. Elle avait vingt-quatre ans et, à ses yeux, un homme de quarante-neuf ans était un vieillard.

Cela l'humiliait d'être ainsi examiné, le visage fripé, les cheveux collés d'un côté de la tête, par une fille bien en chair qui avait de jeunes amants. Car elle en avait et ne s'en cachait pas. Il n'y avait pas bien longtemps qu'elle était dans la maison, quatre ou cinq mois. En dehors de la cuisinière, on changeait souvent de domestiques. Il n'était pas consulté. Cela ne le regardait pas. Peut-être tenait-on à lui éviter des soucis. Jeanine était un bloc d'indifférence et l'idée ne lui serait jamais venue, en l'éveillant, de lui souhaiter le bonjour en souriant.

Elle était pourtant gaie. On l'entendait souvent chanter en faisant son ménage et, avec les autres domestiques, elle plaisantait, riait à gorge déployée.

Lui n'était que le patron. A peine un homme. Se demandait-elle seulement pourquoi il dormait dans cette pièce inconfortable qui ressemblait à une cellule ?

Elle ouvrait les rideaux de toile écrue. Il passait sa robe de chambre, cherchait ses pantoufles du bout des orteils, devait presque chaque fois se pencher pour aller en chercher une sous le lit. Puis, avant de toucher à sa tasse, il diluait un sachet de bismuth dans un demi-verre d'eau.

Le matin, son estomac était à vif. C'était sa faute. Il s'y résignait.

Une journée commençait, ni bien ni mal, une journée comme les autres, et il entrait peu à peu dans sa peau, savourait malgré tout la première gorgée de café noir.

Il y avait plusieurs années qu'il ne dormait plus dans sa chambre et qu'il avait adopté cette pièce, derrière son cabinet de consultation. Jadis, c'était un débarras et l'on y avait installé un lit de fer, un lit d'hôpital, pour le cas où une de ses patientes, à la suite d'un examen douloureux, d'un accident imprévisible, aurait besoin de quelques heures de repos avant d'être reconduite chez elle ou à la clinique.

La fenêtre, étroite, toute en hauteur, donnait sur le jardin, avec, au fond, les anciennes écuries en brique transformées en garages.

Il avait plu pendant la nuit. Il tombait déjà une pluie fine quand il était rentré, à trois heures et demie du matin. Un taxi l'avait ramené de la clinique, si épuisé qu'il s'était versé un verre de cognac avant de se coucher.

Des feuilles mortes recouvraient la pelouse, par plaques. Le platane, dénudé, était presque indécent ; quelques feuilles frémissaient encore aux branches du bouleau.

Il prit ses vêtements, son linge, sur la chaise où il les avait posés, traversa le cabinet de consultation où la table gynécologique, avec ses béquilles pour maintenir les jambes écartées, occupait toute la place.

Les fenêtres de son bureau étaient ouvertes. Il y faisait froid. Une femme de ménage s'affairait, dont il n'avait jamais su le nom et qui ne venait que le matin pour le gros travail. Un foulard autour des cheveux, elle le suivait des yeux sans mot dire. Il aurait aussi bien pu être un fantôme.

Quel serait le témoignage de celle-ci ?

« — Vous a-t-il paru préoccupé ? »

Car on pose des questions ridicules.

« — C'est difficile à dire. D'habitude, il est plutôt pâle et, le matin, on lui voit un peu de rouge autour des yeux comme si... »

Comme si quoi ? Pour elle, pour Jeanine, n'était-ce pas curieux, anormal, qu'il dorme dans un lit de fer, derrière son cabinet de consultation, alors qu'il disposait d'une chambre à coucher confortable, luxueuse ? Elle aurait quelque chose à raconter, car il revenait sur ses pas pour questionner :

— Ma femme est levée ?

— Je crois qu'elle est dans la cuisine, à faire les menus.

— Et Mlle Lise ?

C'était sa fille aînée.

— J'ai entendu son scooter voilà une dizaine de minutes.

— Je suppose que Mlle Eliane dort ?

— Je ne l'ai pas vue.

Quant à David, son fils, il était en route pour le lycée Janson-de-Sailly, à deux pas, rue de la Pompe. De l'appartement, par certain vent, on entendait la rumeur des récréations.

Il ignorait pourquoi il posait ces questions. Il n'écoutait pas les réponses et traversait déjà le salon d'attente.

En franchissant la double porte vitrée, il entrait dans un autre univers, celui de la vie familiale, s'engageait dans un couloir, puis dans un autre, entendait des voix de femmes derrière une porte, apercevait, plus loin, le lit défait de sa chambre et pénétrait enfin dans la salle de bains dont il fermait le verrou.

Et si c'était lui, au lieu des domestiques, qu'on interrogeait ce soir, demain, n'importe quel jour, en lui réclamant des comptes de ses faits et gestes ? Quel serait son propre témoignage, l'image qu'il s'efforcerait de leur donner, avec, d'avance, la conviction qu'ils ne comprendraient pas ?

« — Vous étiez chez vous, dans votre appartement de l'avenue Henri-Martin... »

C'était vrai, bien sûr. Un appartement de douze pièces, que la plupart de ses confrères lui enviaient et que certains devaient lui reprocher.

Il ne pouvait pas prétendre, pour sa défense, qu'il ne l'avait pas choisi. On ne l'avait pas forcé à louer cet appartement, à y entretenir quatre domestiques, ni à avoir trois voitures au garage.

C'était lui qui avait voulu, en tout cas au départ, habiter, non seulement le quartier du bois de Boulogne, mais l'avenue Henri-Martin, avec ses jardins et ses grilles, ses chauffeurs occupés à polir les limousines au bord du trottoir. Cette envie lui était venue à cause d'un souvenir d'enfance, parce qu'un matin de printemps il avait découvert, par hasard, l'avenue ombragée, où il lui avait semblé que la vie était nécessairement aimable et sereine.

Ce n'était pas vrai, mais il avait dû en faire l'expérience. Rien n'est aimable et serein. Nulle part.

L'eau de son bain coulait ; le miroir s'embuait.

« — C'est pourtant vous qui... »

Soit ! Il avait choisi chaque meuble, en particulier ceux de son bureau, qu'il avait voulus lourds et graves, comme il les aimait, ou plutôt comme il se figurait qu'il les aimait. Il avait discuté aussi, avec le décorateur, de la chambre à coucher, du lit vaste et bas comme on n'en voit que dans les films.

C'était un peu avant la naissance de David. David avait maintenant seize ans.

Beaucoup moins de seize années avaient suffi

pour que ce lit tendu de soie fraise écrasée lui devienne étranger.

Ces meubles-là, les autres meubles de l'appartement, les tableaux, les livres, les bibelots, cesseraient un jour de faire partie du décor de sa vie. Les enfants se marieraient. Pour Lise, l'aînée, c'était presque fait. Elle ne se préoccupait pas de l'avis de ses parents et parlait, si ceux-ci ne la laissaient pas agir à sa guise, de quitter la maison. Eliane suivrait. Puis David.

De toute façon, qu'il vienne à disparaître, lui, et sa femme ne pourrait garder un pareil appartement. Alors, chaque meuble, chaque objet irait prendre place ailleurs pour se confondre dans l'univers d'un étranger.

C'étaient des témoins aussi, des témoins déjà dépassés. S'ils restaient à leur place, pour un temps, dans un décor en apparence immuable, ils n'avaient plus de sens.

« — Pourquoi avez-vous... »

Trop de pourquoi et pas assez de réponses satisfaisantes ou, plutôt, personne, en dehors de lui, ne les trouverait satisfaisantes.

Quand il avait décidé de dormir dans le lit de fer du cagibi, par exemple... D'abord, il s'était gardé d'annoncer que c'était définitif. Il y avait eu un temps où, comme cela lui arrivait périodiquement, il était appelé chaque nuit à la clinique. Les accouchements se produisent par série. A chaque appel, sa femme était réveillée et il la réveillait à nouveau en rentrant. Et quand, de rares matins, il dormait tard pour récupérer, elle devait se glisser sans bruit hors de la chambre où elle ne pouvait même pas faire sa toilette.

Cela ne constituait pas la vraie raison, elle le savait aussi bien que lui, même si elle avait feint d'y croire. Il ne lui reprochait rien. Elle non plus. C'était plus grave.

Combien de temps y avait-il de cela ? Un peu plus de quatre ans. Christine, à l'époque, n'ignorait pas qu'il avait des relations intimes avec sa nouvelle secrétaire, Viviane Dolomieu, ni qu'il passait parfois une partie de la nuit chez elle.

Elle savait que ce n'était pas par hasard que Viviane s'était installée tout à côté, rue de Siam, derrière l'église espagnole.

Cela aurait été faux, cependant, de prétendre que sa secrétaire avait remplacé sa femme. Elle n'avait pris la place de personne. Elle avait rempli un vide. Quant à la cause de ce vide...

Que dirait Christine à la barre d'un tribunal ? Que pensaient ses propres enfants ? Lise, l'aînée, se montrait presque agressive, ironique en tout cas, et, la veille au soir encore, il y avait eu un incident. Mais ce n'était pas à elle seule qu'il devait d'avoir passé une nuit désagréable. Les derniers temps, les menus faits s'accumulaient comme à plaisir pour lui rendre la vie pénible, angoissante.

L'après-midi, dans son bureau et dans son cabinet de consultation, avait été chargée. Vers sept heures, Mme Doué, la sage-femme-chef, l'avait appelé de la clinique.

— J'ai des ennuis avec le 11, professeur. Elle exige que vous veniez tout de suite. Elle prétend qu'elle a le temps de prendre l'avion de nuit et d'arriver au Caire avant l'accouchement...

— Où en est-elle ?

— Elle a eu deux ou trois douleurs ; rien de précis. Elle pleure tout le temps en parlant de son mari, tantôt en français, tantôt dans sa langue...

— Je viens.

Sa secrétaire, qui se tenait près de lui dans le bureau, avait deviné. Le cas les préoccupait depuis plusieurs jours. Il s'agissait d'une toute jeune femme, dix-neuf ans à peine, l'air d'une enfant, d'une poupée, qui était mariée à un diplomate égyptien.

Les premières fois, on l'avait vue avenue Henri-Martin en compagnie de son mari. Celui-ci, depuis qu'il la savait enceinte, s'adressait des reproches, persuadé qu'elle serait incapable, si menue et si fragile, d'avoir un enfant, et s'accusait d'avance de l'avoir tuée.

— Vous croyez qu'elle pourra vraiment, docteur ?

Elle lui souriait, le regardait de ses grands yeux sombres remplis d'admiration. Sur la table d'examens gynécologiques, elle gardait la main de son mari dans la sienne, s'efforçant de ne pas grimacer quand le médecin lui faisait mal.

Ils étaient revenus tous les mois, puis toutes les semaines. Soudain, cinq jours plus tôt, le mari avait été rappelé au Caire pour Dieu sait quelle mission.

— Dites-lui, professeur, qu'il n'a pas le droit d'y aller, de me laisser seule ici en ce moment... Je suis sûre qu'une fois là-bas on ne le laissera pas repartir... Vous ne connaissez pas notre gouvernement... Mon mari, ici, dit tout ce qui lui passe par la tête... On a dû répéter ses paroles au Caire et...

Elle insistait, s'il refusait de rester, pour partir avec lui.

— Même si je dois avoir mon enfant dans l'avion, je ne serai pas la première...

Chabot avait été obligé de lui laisser entendre que l'accouchement serait peut-être délicat. Il était mécontent des analyses, de l'index éosinophilique, et il avait craint longtemps une fausse couche.

C'était son métier. Il était calme, sûr de lui, persuasif. Il mettait le masque.

Le mari à peine parti, la jeune Egyptienne se présentait à la clinique avec sa valise, à neuf heures du soir.

— Je crois que ça commence...

Elle s'agitait, si effrayée que Chabot avait passé la nuit à lui tenir la main. Le matin, il avait insisté pour qu'elle rentrât chez elle, l'avait fait reconduire presque de force par une des infirmières.

— Vous en avez au moins pour trois jours encore.

La veille, elle était revenue, toujours avec sa valise pleine d'objets personnels et de lingerie. Elle ne savait plus où elle en était, ni ce qu'elle voulait. Mme Doué lui avait choisi la plus douce des infirmières, Mlle Blanche, et venait elle-même tous les quarts d'heure réconforter la patiente.

Pourquoi, ce jour-là justement, le mari n'avait-il pas téléphoné du Caire ?

— Je suis sûre qu'on l'a mis en prison. Vous ne savez pas comment cela se passe. Je veux aller le rejoindre. Il y a un avion à dix heures...

Le cas était un peu différent des autres. Mais chaque patiente n'est-elle pas plus ou moins un cas ? Avant de quitter son bureau, Chabot avait poussé un des boutons du téléphone, entendu la voix de sa fille Eliane.

— Ta mère n'est pas à la maison ?

— Elle doit rentrer vers sept heures et demie.

— Je pars pour la clinique et je ne crois pas que je rentrerai pour dîner.

— Bonsoir.

Il descendait l'escalier en compagnie de Viviane et c'était elle qui prenait le volant de la voiture. Depuis longtemps, depuis l'accident qu'il avait eu une nuit en rentrant de la clinique, il n'aimait plus conduire dans l'obscurité.

Etait-ce tout à fait vrai ? L'aurait-il répété sous serment ?

Depuis cet accident, en tout cas, les phares d'autos provoquaient chez lui une certaine panique nerveuse. Mais le simple fait d'être seul, dehors, lui donnait à peu près la même panique. Il n'était pas malade. Son dernier électrocardiogramme était rassurant. S'il ressentait parfois un malaise dans la poitrine, il savait à quoi il le devait et, d'ailleurs, il n'avait pas peur de mourir. Au contraire.

Il n'en éprouvait pas moins le besoin d'une présence et, peut-être, à ce besoin, venait-il s'ajouter une certaine paresse qui n'affectait pas son activité professionnelle, mais seulement les mille petits gestes de la vie quotidienne.

C'était déprimant de se poser tant de questions, comme au sujet de Jeanine, de la femme de ménage, de ce que deviendraient les meubles. Il était incapable de faire autrement.

La clinique des Tilleuls n'était pas loin, rue des Tilleuls, à Auteuil, presque en bordure du Bois aussi.

Il y était chez lui : il en était le propriétaire, même si d'autres possédaient encore un certain nombre de parts. C'était la clinique gynécologique et obstétricale la plus moderne de Paris qui comptait parmi sa clientèle le plus de gens riches et de célébrités.

La voiture franchissait la grille, décrivait une courbe dans le parc pour s'arrêter devant le perron éclairé par deux lanternes dépolies.

Mlle Roman, la vieille directrice aux cheveux d'un blanc soyeux, était encore derrière la vitre de son bureau. Au premier étage, Mme Doué attendait dans le couloir.

— Elle vient d'avoir, presque coup sur coup,

deux douleurs lombaires assez franches. Elle n'en insiste pas moins pour prendre l'avion, prétendant que ce sera comme l'autre fois et que, demain, nous la renverrons à nouveau chez elle.

Il passa sa blouse blanche, entra dans la chambre, les gestes doux et précis, la voix convaincante. Après une heure, sa patiente était plus calme, résignée en apparence.

— Vous n'allez pas me laisser, professeur ?

Il lui avait donné un sédatif et elle n'allait pas tarder à somnoler.

— Je serai de retour dans une heure ou deux. On sait où me toucher si c'est nécessaire...

— Vous êtes sûr que ce sera pour cette nuit ?

Que pouvait-il répondre ? Il passait encore dans deux ou trois chambres, retrouvait sa voiture, Viviane au volant.

— Où allons-nous ? questionnait-elle en appuyant sur le démarreur.

Ils avaient leurs habitudes, choisissaient, quand ils dînaient ensemble, parmi une demi-douzaine de petits restaurants tranquilles où la cuisine était soignée.

Préoccupé, il oubliait de répondre et elle suggérait :

— Chez Lucien ?

Un ancien bistrot, rue des Fossés-Saint-Bernard. Ils occupaient toujours le même coin. On connaissait leurs goûts. Ils ne se comportaient pas en amoureux, ni en vieux ménage. Jamais, par exemple, ils ne se tutoyaient, que ce soit en public ou dans les moments d'intimité. A les observer, on aurait plutôt pensé que la jeune femme avait mission de veiller sur son compagnon et d'écarter de lui les menus désagréments.

Ils parlaient peu, presque toujours au sujet des

patientes, des leçons du professeur, d'une communication à faire à tel congrès étranger.

Pendant qu'il allait seul prendre place dans leur coin, elle se dirigeait vers le téléphone, son premier soin partout. Non seulement la clinique des Tilleuls devait savoir où toucher Chabot en cas d'urgence, mais encore la Maternité de Port-Royal, où il était professeur et où il avait son service. Souvent, il avait par surcroît des patientes à l'Hôpital Américain de Neuilly.

— Avant de nous occuper du menu, je vous conseille de prendre un dry-martini pour vous détendre.

Elle savait qu'à cette heure-ci il en avait besoin. Elle l'observait à la dérobée et il se demandait parfois s'il y avait de la tendresse à la base de son attitude. Y en avait-il au début, quand, venant de La Rochelle, où son père avait été fusillé pendant la guerre et où sa mère venait de mourir, elle était entrée à son service ?

De l'admiration, certainement. Et aussi la découverte déconcertante que personne ne s'occupait de lui, qu'on lui laissait tout le poids de ses responsabilités sur les épaules, avec, plutôt, dans son entourage, une tendance à en rajouter.

— Un martini bien sec et un porto, Jules !

Elle ouvrait son sac, choisissait dans une boîte un comprimé rose, car elle connaissait les médicaments qu'il prenait à certaines heures et qui lui étaient devenus indispensables.

Le restaurant était peu éclairé, seulement par des lampes sur les tables. Il n'y avait qu'une quinzaine de dîneurs et le patron sortait de temps en temps de sa cuisine pour serrer la main de nouveaux arrivés.

— A votre santé ! Ne pensez plus à la clinique avant la fin du repas...

Il était trop scrupuleux. Après tant d'années, il n'était pas parvenu à l'indifférence qu'il enviait à certains confrères et, tout en examinant la carte, il continuait à s'inquiéter de la petite Egyptienne.

Viviane lui avait touché le bras. Il avait levé la tête, avait vu sa fille Lise qui entrait en compagnie d'un jeune homme.

Chabot ne se cachait pas, ne s'était jamais caché. C'était pourtant la première fois qu'il se trouvait dans une situation semblable et il avait rougi tandis que sa fille, qui les avait aperçus, lui adressait un signe de la main.

Ceux qui les connaissaient prétendaient que Lise lui ressemblait et c'était possible. Elle avait les mêmes pommettes assez fortes, le même menton lourd, des cheveux tirant sur le roux, comme les siens.

Quand elle était jeune, sa mère disait :

— Elle a la même volonté que son père, la même faculté, aussi, d'être soudain comme absente...

Il ne se reconnaissait pas en elle. Elle lui avait échappé depuis longtemps, sans violence, s'entraînant, tout enfant, à n'en faire qu'à sa guise.

Après ses deux bacs, elle s'était inscrite à la Sorbonne, pour, quelques mois plus tard, abandonner les études et travailler avec une amie qui avait ouvert une boutique de frivolités rue du Faubourg-Saint-Honoré.

Avec son premier argent, elle s'était acheté un scooter, sans en parler chez elle.

Les deux couples étaient face à face et le jeune homme, qui regardait sans se gêner le professeur et sa secrétaire, parlait à Lise à voix basse, puis tous les deux éclataient de rire. De quoi, de qui riaient-ils ?

Chabot l'avait aperçu plusieurs fois dans

l'appartement de l'avenue Henri-Martin, où il lui arrivait de rencontrer des gens qu'il ne connaissait pas et qu'on ne se donnait pas la peine de lui présenter.

Il s'appelait Jean-Paul Caron et on le trouvait brillant parce qu'à vingt-trois ans il écrivait des échos virulents et des comptes rendus mondains dans un quotidien de Paris dont il était l'enfant terrible.

Chabot le jugeait méchant, inutilement, par bravade, et n'aimait pas sa façon de regarder les gens avec l'air de les narguer. C'était d'autant plus ridicule qu'il était tout petit, poupin, avec un drôle de nez pointu. Il se croyait tout permis et c'était presque vrai, car son père était à la tête d'une importante agence de presse.

Les deux jeunes gens, eux non plus, ne se comportaient pas comme des amoureux, plutôt comme des camarades, ce qui ne les empêchait pas de coucher ensemble, Lise n'en faisait pas mystère. Ils commandaient l'apéritif, puis le repas, toujours enjoués, chuchotant et riant, ne baissant pas les yeux, tout au contraire, quand ils rencontraient ceux de Jean Chabot et de sa compagne.

— Elle veut toujours l'épouser ? questionna Viviane.

— Oui.

— Quand ?

— Elle ne le dit pas. Sans doute nous annoncera-t-elle la date lorsque les bans seront publiés.

On entendait sonner le téléphone ; le garçon s'approcha de leur table.

— On demande le professeur Chabot...

Viviane, déjà debout, se dirigea vers la cabine, en revint un peu plus tard, lui parla à l'oreille.

— Qu'on lui fasse deux centimètres cubes de Phénergan.

A onze heures, l'auto franchissait la grille de la clinique des Tilleuls.

— Allez vous coucher. Il vaut mieux que vous soyez fraîche demain matin.

— Vous pensez que ce sera long ?

— Je le crains.

— Vous ne préférez pas que j'attende ?

— Non. Prenez la voiture. Je ferai appeler un taxi.

Elle n'était ni sage-femme ni infirmière diplômée. Si, en cinq ans, elle avait beaucoup appris, et si, avenue Henri-Martin, au cours des consultations, elle lui servait d'assistante, ici, à la clinique, elle n'était pas dans son domaine.

— Bonne nuit, professeur.

— Bonne nuit.

Ils ne s'embrassaient pas, ne se serraient pas la main.

Dans la chambre de l'Egyptienne, le travail avait commencé et le professeur n'eut qu'à jeter un coup d'œil sur la feuille que lui tendait Mlle Blanche pour savoir que l'accouchement se présentait encore plus mal qu'il ne l'avait prévu.

— Qu'on fasse venir l'anesthésiste...

Assis au chevet de la patiente, il lui tenait la main et lui parlait à voix basse. Deux fois, seulement, il put aller s'étendre un moment sur l'étroit divan de son bureau.

Il arrivait qu'on entende des cris de bébés, ou une sonnerie, qu'on aperçoive une infirmière, peu vêtue sous son uniforme, se diriger vers une des portes numérotées.

A une heure et demie, parce qu'il se sentait à plat, il prit une tablette d'amphétamine.

Une heure plus tard, seulement, dans la chambre, il fit un signe que tout le monde connaissait à la clinique et on ne tarda pas à voir apparaître dans le couloir un lit monté sur roues caoutchoutées.

Lui-même s'en allait, revenait vêtu de blanc, chaussé d'épaisses bottes vertes, le calot sur la tête, le masque autour du cou, les gants à la main.

Dans la salle d'opération, les mots, les gestes, les regards s'enchaînaient, mystérieux et lourds de sens. Comme Chabot l'avait prévu, on eut presque tout de suite besoin de l'anesthésiste, car un thrombus s'était produit et le médecin dut, le front en sueur, manier les forceps pendant plus d'un quart d'heure.

Lorsqu'il se redressa enfin, il avait fait tout ce qu'il pouvait faire. Ses gestes avaient été précis. Ses mains n'avaient pas tremblé. La mère était vivante, bien qu'inerte et sans connaissance, les paupières bleues, les narines pincées. Le bébé, dont les infirmières s'occupaient, était vivant aussi et poussait ses premiers cris.

Pourtant, Chabot était mécontent de lui-même et, une fois rhabillé, dans son bureau ripoliné de la clinique, il ouvrit un placard pour se verser un verre de cognac, croqua ensuite une pastille verte afin de dissiper l'odeur de l'alcool.

Il en avait toujours honte comme, enfant, il avait eu honte, pendant des années, d'un vol de quelques centimes dans le porte-monnaie de sa mère.

Un taxi le ramenait chez lui et il éprouvait le besoin de boire un second verre, de croquer à nouveau une pastille par crainte d'être trahi par son haleine quand Jeanine viendrait le réveiller.

Il ne s'était rien passé de dramatique. Aucun obstétricien ne s'en serait tiré mieux que lui.

C'était une nuit comme une autre, comme tant d'autres en tout cas, mais il n'en gardait pas moins un souvenir déplaisant, peut-être à cause de sa fille, du jeune homme qui lui parlait à l'oreille, peut-être à cause de...

De rien de précis, en vérité. Comment la sage-femme, qui travaillait avec lui depuis plus de dix ans, témoignerait-elle si on l'appelait à la barre ? Ne lui était-il pas arrivé de le regarder, par-dessus son masque de gaze, avec une certaine inquiétude, un vague doute ? Avait-elle cru, un seul instant, que le thrombus avait été provoqué par une maladresse de sa part ?

C'était devenu une manie de penser ainsi aux gens en fonction de leur témoignage. Pour quelle raison auraient-ils à témoigner ?

Cela avait dû commencer avec ses enfants, quand ils étaient encore très jeunes et qu'il se demandait : « Quelle image, plus tard, conserveront-ils de moi ? Comment me voient-ils ? Quel sens donnent-ils à mes gestes ? Que diront-ils de leur père à leurs enfants quand ils en auront à leur tour ? »

Maintenant, il était sûr que ses enfants ne le connaissaient pas. Avait-il, de son côté, essayé de les connaître ? Avait-il fait tout ce qu'il fallait pour ça ? Il n'en savait rien. Et sa femme ne le connaissait guère plus. Un moment était venu, il ignorait quand et par la faute de qui, où ils avaient perdu le contact, et peut-être ce contact n'avait-il jamais existé que dans leur imagination.

Que restait-il ? Viviane ? Au début, il avait espéré. Quant aux autres, ceux de la clinique, de la Maternité de Port-Royal, ses confrères, ses assistants, ses élèves, ils ne voyaient de lui que le masque, un masque qu'il n'avait pas choisi, qu'il ne posait pas exprès sur son vrai visage.

A huit heures et demie, il achevait de se raser. Depuis qu'il ne dormait plus dans le même lit que sa femme, il évitait de se montrer nu devant elle.

Ils n'en étaient pas moins obligés de partager la même salle de bains, car la disposition de l'appartement rendait les deux autres peu pratiques.

Sur une des tablettes de verre, il voyait la brosse à dents de sa femme, un tube de pâte dentifrice, de menus objets ridicules, des flacons qui lui paraissaient aussi indécents que quand, sur le trottoir, à l'occasion d'une vente forcée, on découvre les biens les plus intimes d'une famille.

Il entendait des pas, à côté. Sa femme n'avait pas les mêmes pudeurs et il la trouvait souvent, lorsqu'il traversait la chambre, dans des attitudes qui le gênaient.

Il lui restait à s'habiller. Il avait pris la précaution d'apporter son pantalon et sa chemise. Quand il ouvrit la porte, Christine était devant la coiffeuse, un sein à moitié nu.

— Bonjour, Jean.

— Bonjour, Christine.

Il avait gardé l'habitude de lui frôler les cheveux du bout des lèvres.

— Tu as eu une nuit fatigante ?

Il se sentait las, certes, mais il n'aimait pas qu'on lui en parle, surtout après l'avoir regardé. Est-ce que la fatigue, à présent, se marquait tellement sur son visage ? Avait-il l'air d'un homme déprimé ?

On aurait dit que tous ceux qui l'approchaient le trouvaient changé. Il s'en irritait d'autant plus que cela lui faisait peur.

— Je suis rentré vers trois heures et demie.

— Je t'ai entendu.

Lise avait-elle parlé à sa mère de leur rencontre chez Lucien ? Cela n'avait pas d'importance, puisque Christine était au courant et ne souffrait pas d'une situation déjà ancienne. Il ne s'en posait pas moins la question. C'était plus fort que lui.

— Tu as une grosse journée ?

— C'est probable. Je ne sais pas encore.

Il prévoyait un accouchement dans la matinée et, s'il avait lieu, cela l'obligerait à remettre la leçon de clinique qu'il donnait deux fois par semaine, le mardi et le mercredi, à la Maternité de Port-Royal. On était mardi.

— Tu rentres déjeuner ?
— Je l'espère. Sinon, je téléphonerai.

S'il ne dînait pas toujours en famille, il s'efforçait de ne pas rater les déjeuners, y attachait une certaine importance, il n'aurait pas pu dire au juste pourquoi. Il tenait à ce que tout le monde se retrouve au moins une fois par jour autour de la table et il lui était arrivé de se mettre en colère parce qu'un des enfants arrivait en retard ou ne venait pas du tout.

On entendait l'aspirateur du côté des chambres des filles. Eliane chantait dans son bain. Il n'alla pas l'embrasser, gagna son bureau où Viviane était arrivée.

— Bonjour, professeur. Tout s'est bien passé ?

Pourquoi lui poser la question alors que, comme chaque matin, elle avait déjà téléphoné à la clinique ? C'était sa première tâche de la journée et elle avait certainement mis sur le bureau une note lui donnant l'état de chaque patiente.

Il ne répondit pas, ne dit rien, lui prit des mains le verre d'eau et la pilule qu'elle lui tendait.

— Je crois que vous pourrez donner votre cours. Mme Doué ne s'attend pas à ce que le 7 accouche avant le début de l'après-midi.

Elle allait lui chercher son manteau, son chapeau.

— Quant au courrier, il n'y a rien d'important...

Ils descendaient l'un derrière l'autre vers le jardin, le trottoir, la petite voiture de sport noire dont Viviane saisissait le volant.

Il y avait un peu de soleil sur le pavé mouillé, comme au printemps, et, derrière les fenêtres ouvertes, des domestiques qui faisaient le ménage.

2

L'homme aux gros souliers, le billet sous l'essuie-glace et la jeune fille qui n'ouvrait pas les yeux

Dès le coin du boulevard de Montmorency et de la rue des Tilleuls, il se mit à regarder avec attention à gauche et à droite, tout en s'efforçant, pour Viviane, de garder un air naturel. Savait-elle ce qu'il cherchait de la sorte, ce dont il avait peur ? Lui était-il arrivé, atteignant la voiture avant lui, par exemple quand il était retardé dans le couloir par Mlle Roman ou par le comptable, de trouver un billet glissé sous l'essuie-glace, et n'en avait-elle rien dit pour ne pas l'effrayer ?

Trois autos stationnaient dans la rue, qu'on voyait toujours aux mêmes places. Sur les trottoirs, il n'y avait à peu près personne : un livreur qui descendait d'un triporteur vert, un facteur qui s'arrêtait un instant pour examiner une poignée d'enveloppes, une jeune femme poussant un landau d'enfant.

Avant Viviane, il avait eu deux secrétaires. L'une d'elles avait été sa maîtresse aussi, d'une façon occasionnelle, presque fortuite, sans qu'il mît jamais les pieds chez elle, par exemple, ou que l'idée leur vînt de sortir ensemble en dehors des nécessités professionnelles. Aucune des deux ne l'avait accompagné à la clinique, ni à Port-Royal, restant de garde le matin, avenue Henri-Martin, pour s'occuper du courrier et du téléphone.

Depuis que Viviane le suivait partout, on devait, à certaines heures, brancher l'appareil sur un disque qui priait les correspondants de s'adresser à la clinique. Le système était compliqué, créait des retards, des malentendus qui faisaient bougonner la directrice, Mlle Roman. Sa douceur apparente cachait son entêtement et il avait fallu l'autorité de Chabot pour qu'elle cède, à contrecœur, un coin de bureau à Viviane.

Dès qu'il eut franchi la porte vitrée, au-dessus du perron, il aperçut, au fond du couloir, près du salon d'attente, un groupe de personnages qui gesticulaient en parlant avec véhémence. C'étaient des hommes basanés, aux cheveux très noirs, à qui Mlle Roman avait de la peine à tenir tête.

Elle accourut vers le professeur.

— Ils insistent pour voir la dame du 11. J'ai beau leur répéter que vous avez donné des ordres stricts, ils prétendent qu'ils sont envoyés par l'ambassade et qu'ils ont des instructions. Ils ont apporté tant de fleurs qu'on ne sait où les mettre. Il y a avec eux une dame qui ne parle pas le français et qui se montre encore plus insistante que les hommes...

Sans doute se tenait-elle dans le salon, car il ne la vit que plus tard, une femme encore jeune, très grasse, couverte de bijoux dès le matin, qui faisait penser à une diseuse de bonne aventure.

— Cela m'étonnerait qu'ils puissent la voir à présent. Je vous téléphonerai là-haut.

— L'un d'eux est, paraît-il, un personnage religieux qui doit accomplir je ne sais quelle cérémonie en présence de l'enfant...

Il monta, préoccupé, passa sa blouse blanche. Si l'infirmière-chef n'était pas de service, elle restait toujours d'appel, car elle avait sa chambre au dernier étage de la clinique. Mlle Blanche était absente aussi et ce fut Mme Lachère, mariée trois mois plus tôt, que le professeur trouva dans la pénombre de la chambre 11. Les stores étaient baissés. On n'entendait que la respiration de la malade. Il jeta un coup d'œil sur la feuille de température et fronça les sourcils.

— Elle n'a pas repris connaissance ?
— Vers huit heures.
— Vomissements ?
— Elle a essayé, mais n'a rejeté qu'un peu de liquide glaireux. Comme elle souffrait beaucoup, j'ai téléphoné à Mlle Boué, qui m'a dit de lui mettre une poche de glace sur le ventre et de lui donner un sédatif.

C'était inscrit en abrégé, en signes conventionnels, sur la feuille que le médecin tenait à la main. Par habitude, il n'en posait pas moins les questions.

Il prit le pouls, préoccupé par la température qui montait au lieu de descendre.

— Elle n'a pas réclamé l'enfant ?
— Elle a voulu savoir s'il vivait et si c'était un garçon. Quand je lui ai dit que oui, elle s'est tout de suite assoupie. Depuis, elle gémit de temps en temps, se débat dans son sommeil, essaie de rejeter la couverture et d'arracher son appareil. Je ne la quitte pas un instant.

— Je reviendrai tout à l'heure.

A cause du store baissé, il ne pouvait pas voir dehors. Il continua sa tournée par le 7, croisant des infirmières et des femmes de chambre, celles-ci en uniforme bleu clair, qui allaient et venaient sans bruit dans les couloirs, presque toutes tenant quelque chose à la main.

Son assistant, le docteur Audun, devait se trouver à l'étage au-dessus, à la gynécologie, car il suivait un certain nombre de malades et remplaçait le professeur lorsque celui-ci s'absentait de Paris.

Est-ce qu'Audun, que Chabot avait choisi quelques années plus tôt, le considérait comme un grand patron ? A le voir de près, jour après jour, n'avait-il pas perdu un peu de son admiration des premiers temps ? Que pensait-il du professeur en tant qu'homme ? Ne lui arrivait-il pas, en lui parlant, de détourner le regard et, parfois, ne semblait-il pas vouloir se réserver certaines patientes, ou contrôler un diagnostic ?

Peut-être tout cela n'existait-il que dans l'imagination de Chabot. Il ne savait plus. Il pensait trop et toujours, en définitive, à lui-même. Il frappait à la porte du 7, trouvait la patiente, non pas couchée, mais debout, en robe de chambre à fleurs, occupée à arranger, comme dans une chambre d'hôtel, ses objets personnels dans les tiroirs et sur les meubles.

C'était une habituée. Elle avait déjà deux enfants, tous les deux nés aux Tilleuls où elle se sentait aussi à l'aise que dans le cabinet de consultation de l'avenue Henri-Martin.

— Vous aurez le temps de déjeuner en famille, professeur. Au train où je vais, j'en ai pour trois ou quatre heures au moins.

Elle riait, comme si elle jouait un bon tour à quelqu'un. Elle riait toujours. Elle s'appelait Mme Roche. Son mari, d'une vingtaine d'années plus âgé qu'elle, dirigeait une fabrique de meubles dont on voyait la publicité dans les couloirs du métro. Boulotte, enjouée, elle ne faisait rien pour maigrir et, lorsqu'elle était enceinte, cela la ravissait de devenir énorme, promenant fièrement son ventre, jusqu'au dernier jour, dans les magasins, les restaurants et les théâtres.

Chaque semaine, avenue Henri-Martin, elle riait d'avance en montant, nue et rose, sur la bascule.

— Vous allez voir que j'ai encore pris deux kilos !

Ses attitudes étaient d'une tranquille impudeur.

— Je suppose que vous désirez m'examiner ?

Elle prenait la pose sur le lit comme, lors des visites, sur la table gynécologique.

— Je parie ce que vous voudrez que celui-ci sera le plus gros et que c'est un garçon...

A peine sentait-elle l'enfant remuer dans son ventre qu'elle s'ingéniait, d'après ses mouvements, à deviner son caractère et, jusqu'à présent, elle ne s'était pas trompée.

— J'espère qu'il se présentera par la tête ?

Son dernier enfant, une fille, s'était présenté par le siège et, bien que la délivrance eût été plus difficile, elle avait refusé toute anesthésie.

— J'ai dit à mon mari de téléphoner vers deux heures. Il sera bien temps qu'il vienne quand on m'emmènera dans la salle d'accouchement. Cela m'agace de le sentir, en bas, à faire les cent pas.

Il ne l'avait jamais vue anxieuse ni de mauvaise humeur. Elle connaissait les infirmières, les femmes de chambre, les appelait par leur prénom et faisait venir pour elles des boîtes de chocolat. Une fois l'enfant né, son mari apportait du champagne et elle en offrait à tout le monde.

Il y avait déjà des fleurs plein la chambre et ellemême, pour chaque bouquet, avait demandé le vase qui convenait.

Sur la table de nuit, un bloc-notes et un crayon.

— Vous vous souvenez, professeur ?

La fois précédente, c'était elle qui avait noté les contractions, d'abord toutes les vingt minutes, puis toutes les dix, enfin toutes les trois minutes.

— A trois minutes, je vous appelle. Entendu ?
— Appelez-moi à dix, c'est préférable.

Par la fenêtre, il jetait un coup d'œil dans la rue, mais, de cette chambre, il ne découvrait qu'une étroite portion du trottoir.

Sa visite suivante fut pour la nursery, où cinq nouveau-nés étaient alignés dans des berceaux de toile, cependant qu'une infirmière en nourrissait un autre.

Il examina l'enfant de l'Egyptienne, qu'on aurait dit sans front, tant ses cheveux noirs et déjà longs étaient plantés bas.

— Téléphonez à Mlle Roman que ces messieurs peuvent le voir, pas ici, bien entendu, dans le couloir ou ailleurs. Veillez à ce que personne ne le touche...

C'était la routine. Il allait de chambre en chambre, calme en apparence, jetait un coup d'œil sur les feuilles de température, sur les rapports qu'on lui tendait, s'asseyait pour quelques minutes de bavardage rassurant.

Quelqu'un aurait-il pu soupçonner qu'il était plus préoccupé par le trottoir d'en face que par ses patientes ?

Deux fois, l'homme était venu le mardi dans la matinée, la dernière fois le samedi, ce qui correspondait peut-être à ses jours de liberté.

S'il avait refait son geste en d'autres occasions, Viviane avait dû retirer le billet sans rien dire. C'était possible. Elle ne lui aurait pas parlé non plus de l'inspecteur de police, s'il ne l'avait reconnu par hasard en passant devant le bureau vitré de Mlle Roman.

Sa secrétaire avait-elle, en agissant ainsi, le

souci de le protéger ? Il tenait la clinique et son personnel comme à bout de bras, sans compter l'avenue Henri-Martin, son service à la Maternité de Port-Royal. Il était responsable de ses assistants, de ses élèves. Il rendait confiance à des centaines de femmes.

Il n'en était pas moins persuadé qu'aux yeux de Viviane Dolomieu, qui n'avait jamais rien appris que par lui, il était un être faible qu'il fallait protéger.

D'autres se faisaient-ils, de lui, la même image ?

Il recommençait deux fois son itinéraire pour s'arrêter enfin à une fenêtre d'où il avait la meilleure vue sur la rue et, cette fois, comme il en avait le pressentiment depuis le matin, l'homme était là, le nez en l'air, à examiner la façade de la clinique, puis à fixer avec plus d'intensité la fenêtre d'où Chabot l'observait.

Comment connaissait-il le professeur ? Quelqu'un du personnel le lui avait-il désigné, par exemple quand il franchissait le perron pour monter dans la voiture ? Avait-il commencé par faire le guet avenue Henri-Martin ?

Malgré la distance et les arbres sans feuilles qui les séparaient, ils étaient en quelque sorte face à face, pour la première fois d'une façon aussi nette, car, les autres fois, Chabot n'avait fait qu'apercevoir une silhouette, un profil perdu.

C'était exprès, aujourd'hui, qu'il s'attardait à la fenêtre, les traits tirés, indifférent au va-et-vient des infirmières et des femmes de chambre derrière lui, fasciné par ce personnage qui ne lui était rien et qui avait si brutalement fait irruption dans sa vie.

L'homme devait avoir vingt-trois à vingt-quatre ans et, malgré la saison, il ne portait pas de pardessus. Son costume, décent, était mal coupé, d'une étoffe assez rude, comme les paysans en achètent, en confection, à la ville la plus proche. Il avait de gros souliers aux pieds et son teint hâlé faisait paraître encore plus blonds ses cheveux coupés court.

Si Chabot n'avait pas eu d'autres raisons pour le penser, aurait-il deviné que son vis-à-vis était un paysan de l'Est, récemment arrivé de son village des environs de Strasbourg ?

On lisait à la fois de la naïveté et de l'obstination dans ses yeux clairs. C'était l'homme d'une seule idée et Chabot se souvenait de visages pareils aperçus à Sainte-Anne, parmi les déments, à l'époque où il se destinait à la psychiatrie.

Viviane, en bas, du bureau de la direction, le voyait-elle aussi ?

On aurait dit, de loin, que l'homme parlait tout seul, peut-être, dans son patois, qu'il récitait une espèce d'incantation, les yeux toujours fixés sur le visage à la fenêtre.

Puis, lentement, il traversait la chaussée, s'arrêtait une première fois pour laisser passer une voiture, une seconde fois, hésitant, devant la grille. Il levait la tête, pour prendre Chabot à témoin de son geste, et, en quelques pas rapides, s'approchait de la voiture de sport et glissait un papier sous l'essuie-glace.

Avant de s'éloigner, il retournait se planter sur le trottoir d'en face, les poings serrés, ne s'en allait enfin qu'à regret, d'un pas traînant.

Le professeur attendait, s'assurant que Viviane ne s'était pas aperçue du manège et ne descendait pas du perron pour retirer le billet.

Rien ne bougeait. Il s'engageait dans l'escalier de service, atteignait le jardin par une porte latérale, allumait une cigarette pour se donner l'allure d'un homme qui prend l'air.

Il était chez lui, dans un établissement qui lui appartenait et, pourtant, il éprouvait le besoin de se cacher. Il est vrai qu'ici, comme dans son appartement, trois fois, cinq fois par jour, il se cachait aussi pour boire du cognac et qu'il croquait ensuite des dragées à la chlorophylle.

En revenant sur ses pas, tout en veillant à ne pas faire crisser le gravier, il jetait un coup d'œil au papier qu'il tenait à la main, une feuille arrachée à un cahier d'écolier sur laquelle une main maladroite avait écrit trois mots :

Je vou tuerai

Les jambages étaient raides, pointus, comme tracés par quelqu'un d'habitué aux caractères allemands. Cette fois-ci encore le *s* du mot *vous* manquait.

— Le docteur Audun vous demande si vous pouvez le rejoindre au 21, professeur.

Une femme qui avait eu une grossesse ectopique et sur qui, quatre jours plus tôt, il avait pratiqué une laparotomie. Il avait conservé la trompe non atteinte mais, au coup d'œil d'Audun, il comprit qu'une seconde opération serait indispensable.

La malade, très lasse, n'en épiait pas moins les deux médecins avec méfiance et ce ne fut que plus tard, dans le bureau de l'assistant, qu'ils purent discuter du cas pendant quelques minutes.

— Attendons jusqu'à demain, décida-t-il en fin de compte.

Avait-il l'air d'un homme que ses soucis empêchent de penser à son travail ? D'un homme qui a peur, par exemple ?

Il n'avait pas peur, pas peur de mourir, en tout cas, si peu qu'il lui était arrivé plusieurs fois de caresser en souriant la crosse de l'automatique, dans le tiroir droit de son bureau.

Pendant des années, il n'avait pas pensé à cette arme, qu'il gardait d'habitude dans la boîte à gants de sa voiture et qu'on transférait, avec les lunettes de soleil, les cartes routières et de menus objets, dans la nouvelle auto lorsqu'on en changeait.

Il n'aurait pas pu en dire la marque, ni s'il y avait une balle dans le chargeur, ni même, en vérité, où se trouvait exactement le cran de sûreté.

Cela datait d'au moins dix ans, du temps où il leur arrivait, à sa femme et à lui, de faire ce qu'ils appelaient alors des balades d'amoureux. Quel âge avait David à l'époque ? Moins de six ans, car il avait encore une nurse et il n'allait pas à l'école.

Ils prenaient pour but, Christine et lui, une auberge réputée, à quarante ou cinquante kilomètres de Paris, tantôt vers la forêt de Saint-Germain, tantôt du côté de Fontainebleau. Après un dîner fin arrosé d'une vieille bouteille, ils roulaient dans la nuit, au petit bonheur.

Il se demandait à présent ce qu'ils pouvaient se dire. Sans doute était-ce lui qui parlait le plus souvent. Il venait de se rendre acquéreur de la clinique et les problèmes que celle-ci posait le passionnaient encore. Il attachait aussi beaucoup d'importance à un ouvrage qu'il préparait sur la pathologie des hydramnios et qui, depuis, avait été publié.

Une nuit qu'ils s'en revenaient ainsi par une route déserte, il avait aperçu une voiture arrêtée sur le bas-côté, une lumière qu'on agitait comme pour demander de l'aide. D'instinct, il avait freiné. Il se rappelait que c'était sa première auto de grand sport et qu'on devait être en été, car elle était décapotée. Christine avait eu le temps de lui crier :

— Attention, Jean !

Au même instant, il apercevait dans le rétroviseur deux ombres qui s'approchaient par-derrière tandis qu'un homme étendait les bras pour barrer la route. Par réflexe, il avait appuyé à fond sur l'accélérateur et la voiture avait bondi.

— Je suis presque sûre que celui qui se tenait devant nous avait une arme à la main...

Elle n'en avait pas la certitude. Lui non plus. Il s'était fait des reproches. Il n'avait évité l'inconnu que par miracle. Le lendemain, ils apprenaient par les journaux qu'un automobiliste avait été dévalisé une demi-heure plus tard au même endroit.

Parce que Christine craignait que l'aventure ne se reproduisît, il avait promis d'acheter un revolver, puis il n'y avait plus pensé. En fin de compte, c'était son beau-frère, collectionneur d'armes de toutes sortes, qui lui avait donné l'automatique.

Depuis quand l'avait-il retiré de la voiture pour le placer dans le tiroir de son bureau ? Deux ans ? Trois ans ? Tout ce qu'il pouvait dire, c'est qu'une nuit qu'il rentrait seul et qu'il regardait le lit de fer du cagibi il s'était demandé tout à coup : « A quoi bon ? »

Périodiquement, cette question lui revenait à l'esprit comme une rengaine. C'était toujours à des moments, de plus en plus nombreux, où il se sentait « en dehors », un terme à lui, le seul qu'il eût trouvé, pour exprimer un certain vide accompagné de vertige.

Sa femme ne disait-elle pas déjà, de Lise encore petite fille, qu'elle avait hérité de son père la faculté d'échapper d'un instant à l'autre au monde qui l'entourait, de « n'être plus là » ?

Il ne pensait pas réellement au suicide. S'il lui arrivait d'ouvrir le tiroir, de laisser ses doigts errer sur le métal bleuâtre de l'automatique, c'était plutôt pour se rassurer. En définitive, rien n'est important, rien n'est grave, rien n'est désespéré puisque à n'importe quel moment on a la possibilité de s'en aller.

Cette idée-là n'est-elle pas commune à tous les hommes, à beaucoup d'entre eux, en tout cas ? Il n'osait pas poser la question à ses confrères, encore moins à ses élèves qui, d'ailleurs, n'avaient pas assez vécu.

Ce n'était pas seulement sur lui qu'il aurait aimé obtenir des témoignages, mais sur les autres, par exemple, ce matin encore, sur cette Mme Roche toujours réjouie, pour qui la vie semblait être une perpétuelle partie de plaisir.

Etait-elle ainsi chez elle, confiante en ses semblables, en elle-même et dans le destin ? Pendant qu'elle arrangeait ses petites affaires en attendant les premières contractions, n'éprouvait-elle pas une certaine appréhension ?

Elle chantait, plaisantait avec les infirmières qui passaient la voir. Qu'est-ce qui prouvait que ce n'était pas un masque aussi, un masque différent de celui de Chabot, mais un masque quand même ?

Ne donnait-il pas, de son côté, l'impression d'être si sûr de lui que cela irritait ses confrères ?

Il passait d'un étage à l'autre, toujours en blanc, pénétrait brusquement dans son bureau et s'y enfermait pour prendre la bouteille dans un placard dont il avait la clef.

Ne ferait-il pas mieux, désormais, de porter l'automatique sur lui ? Si l'Alsacien n'était pas un fou au sens clinique du mot, il présentait les caractères apparents d'un obsédé. C'était l'homme d'une idée fixe. Jusqu'ici, il s'était contenté de glisser des billets menaçants sous l'essuie-glace de la voiture, bien qu'il eût chaque jour l'occasion de tirer, ou chaque mardi, si ses occupations ne le laissaient libre que ce jour-là. Combien de temps cela durerait-il ?

Où vivait-il ? Avait-il trouvé du travail ? Ne proférait-il ses menaces que pour se donner du courage ou désirait-il, avant d'agir, jouir de la peur de l'homme qu'il haïssait ? N'attendait-il que l'occasion de rencontrer le professeur en dehors de la présence de Viviane ?

Qu'est-ce que la secrétaire savait au juste ? Tout ? Presque tout ? Pourquoi, en six mois, n'avait-elle jamais fait allusion à la femme de chambre charnue et rose dont il n'avait connu le nom que récemment par les journaux ?

Pour lui, elle avait été l'Ours en Peluche, un nom qu'il lui avait donné en son for intérieur la première nuit, alors que le taxi le reconduisait avenue Henri-Martin.

Il y avait deux accouchements cette nuit-là et le docteur Audun assistait à un congrès médical en Italie. Comme d'habitude, il avait envoyé Viviane se coucher. Il se souvenait d'un détail : ils n'avaient pu finir leur dîner, dans un restaurant des Halles, car on l'avait appelé au moment où l'on servait le dessert.

Il passait d'une chambre à l'autre, s'asseyait tour à tour près des deux lits, donnait de brèves instructions à Mme Doué et aux infirmières. La clinique était au complet et, comme il arrive toujours, les patientes qui n'étaient pas en cause et qui auraient dû dormir ressentaient la nervosité ambiante et sonnaient les unes après les autres sous tous les prétextes.

Le 5 avait eu deux jumeaux, si près de minuit qu'on s'était demandé à quelle date on les inscrirait à l'état civil.

La seconde patiente, une primipare, n'avait que

des contractions irrégulières, qui duraient depuis le matin et elle se décourageait ; Chabot trouvait le temps long aussi et il alla plusieurs fois s'étendre.

A quatre heures, cependant, la délivrance avait lieu et bientôt la plus grande partie du personnel disparaissait, les couloirs redevenaient déserts et silencieux, à peine éclairés par les veilleuses.

Il avait bu deux ou trois verres de cognac, cette nuit-là. Il venait de refermer son placard et il allait endosser son costume de ville quand il avait eu conscience d'une sonnerie irritante. Machinalement, il était allé regarder le tableau. C'était le 9 qui appelait, une patiente exigeante qui avait accouché depuis six jours et qui réclamait la femme de chambre pour une raison ou pour une autre.

Ne voyant personne, il avait gagné, tout au fond des couloirs, à l'arrière du bâtiment, la chambre de garde du personnel. La pièce n'était éclairée que par la faible lueur du couloir. Sur le lit défait, il distingua des cheveux blonds, un visage endormi, presque un visage d'enfant, constata-t-il avec surprise, sur lequel le sommeil mettait des rougeurs brûlantes.

La jeune fille lui était inconnue. Elle n'avait dû entrer à la clinique que depuis peu, peut-être le jour même. Comme il arrive souvent en service de nuit, elle ne portait à peu près rien sous son uniforme bleu clair qu'elle avait déboutonné jusqu'à la ceinture.

Il avait beau chercher dans ses souvenirs d'homme de près de cinquante ans, il ne retrouvait aucune image aussi ravissante ni aussi émouvante. On la sentait enfouie au plus profond d'un bon sommeil et sa lèvre inférieure se gonflait dans une moue de bien-être.

Quand il s'était penché pour lui toucher l'épaule, elle ne s'était pas éveillée. Elle avait seulement frémi des pieds à la tête, comme si cet attouchement venait s'insérer dans son rêve.

Qui le croirait aujourd'hui s'il parlait de tendresse ? Pourtant, c'est d'un geste tendre qu'il avait écarté la blouse afin de libérer les seins. Ils étaient lourds et chauds sous sa main et elle avait tressailli à nouveau tandis que, cette fois, un sourire diffus flottait sur son visage.

Après des mois, il était incapable de dire si, cette nuit-là, elle avait conscience de ce qui se passait. Sa peau de blonde était tendre et, dans la moiteur du lit, où elle semblait si innocente, elle lui avait fait penser à ces gros ours en peluche que les enfants étreignent en dormant.

Il ne se cherchait pas d'excuses, se refusait à expliquer son geste. Dans son for intérieur, face à sa conscience, il était sûr d'une seule chose : c'est de n'avoir jamais été aussi pur de sa vie.

D'elle-même, lorsqu'elle l'avait senti contre elle, elle avait écarté les bras, les genoux, sans un battement de cils et sans cesser de sourire. Puis ses dents s'étaient écartées pour une plainte légère, les paupières avaient fini par frémir sans pourtant qu'il pût surprendre le moindre filet de regard.

Au moment où il sortait sur la pointe des pieds, elle s'était retournée d'un seul mouvement et, couchée sur le ventre, elle avait retrouvé le sommeil.

La sonnerie du 9 fonctionnait toujours par intermittence. Il avait fini par trouver Mlle Blanche qui sortait d'une autre chambre. Il avait menti.

— On dirait qu'il n'y a personne de disponible.

— J'y vais ! avait-elle répondu, bien que ce ne fût pas son service.

Jusqu'à la fin de la semaine, il n'avait pas revu l'Ours en Peluche et ce n'est qu'en se trouvant en présence de la jeune fille, dans une chambre de malade, qu'il avait deviné, à son accent, qu'elle était alsacienne, sans doute débarquée depuis peu à Paris.

Elle avait rougi, sans oser le regarder en face. Il n'en avait pas moins été sûr qu'elle ne lui en voulait pas, qu'elle lui gardait même de la reconnaissance.

Comme presque tout le personnel, elle travaillait de jour une semaine, de nuit la semaine suivante. Quand son tour était revenu de prendre la garde de nuit, Chabot avait guetté une occasion favorable. Certes, ils se rencontraient dans les couloirs et dans les chambres. De son côté, elle mettait tout en œuvre pour que leur tête-à-tête quasi miraculeux se répète. Il n'en avait pas moins fallu attendre un mois.

La seconde fois qu'il s'était enfin approché de son lit, son expression malicieuse lui avait prouvé qu'elle ne dormait pas. Ils n'avaient rien dit ni l'un ni l'autre, en partie par crainte d'être entendus, mais elle avait ensuite ouvert les yeux et, comme il allait partir, lui avait saisi la main pour y poser un baiser.

Deux fois encore, la même semaine, l'occasion allait se renouveler, deux nuits coup sur coup, et Chabot ne s'était jamais senti si léger. C'était pour lui un miracle, un don inattendu, le premier don gratuit de sa vie, et il lui arriva à deux ou trois reprises d'entrer furtivement dans la chambre de son fils pour caresser la tête de l'ours en peluche que David avait conservé.

La semaine suivante, il n'avait pas revu l'Alsacienne à la clinique, ni de jour ni de nuit, et il n'avait pas osé s'informer d'elle. Les membres du personnel prenant leur congé annuel par roulement, c'était possible qu'elle fût en vacances.

Un soupçon lui était cependant venu et il lui arrivait de regarder Viviane à la dérobée, croyant découvrir, chez elle, des changements à peine perceptibles. Elle l'observait de son côté et quand, soudain, leurs regards se rencontraient, c'était elle qui, à présent, détournait la tête.

Il attendit trois semaines pour s'adresser, non à sa secrétaire, mais à Mlle Roman.

— Qu'est devenue la petite femme de chambre à l'accent alsacien ?

Il avait parlé du bout des lèvres, comme d'un détail sans importance, et la réaction de la directrice le surprit.

Elle avait d'abord l'air de tomber des nues, puis d'être prise d'un soupçon.

— Mlle Viviane ne vous a rien dit ? C'est pourtant elle qui a reçu les mauvais renseignements sur cette personne et qui m'a dit que, dans sa place précédente, elle a commis des indélicatesses. Je vous croyais au courant. J'ai même eu l'impression que c'était vous qui aviez recommandé de la congédier.

A quoi bon réclamer des comptes à Viviane ? Il avait préféré se taire. La directrice dut la mettre au courant de cette conversation, de sorte que chacun, désormais, savait que l'autre savait. Rien n'avait changé en apparence dans leurs relations et plusieurs fois, au lieu de rentrer chez lui, il avait passé le reste de la nuit chez Viviane, rue de Siam.

Il n'en était pas encore tout à fait pour elle comme pour Christine. Quelque chose d'assez vague continuait à les rattacher l'un à l'autre, peut-être une sorte de complicité, peut-être simplement le besoin que Chabot éprouvait d'une présence continuelle et sa paresse d'en chercher une autre.

Il était coupable aussi, vis-à-vis de sa femme comme vis-à-vis de Viviane qui, à cause de lui, ne connaîtrait jamais une existence normale aux yeux des gens. Il était coupable à l'égard de ses enfants, à l'égard de l'Ours en Peluche, à l'égard de tout le monde, en définitive, puisque, aussi bien, il laissait croire à tous qu'il était un autre homme qu'il n'était réellement.

Il vivait parmi eux, pas avec eux. Et, justement parce qu'il n'était avec personne, rien ne l'empêchait de s'en aller le jour où cela deviendrait insupportable.

Il n'était pas intervenu le matin où, par la fenêtre, la même fenêtre qu'aujourd'hui, il avait vu l'Alsacienne franchir la grille et se diriger vers le perron avec l'air, ce jour-là, dans ses vêtements de ville, d'une pauvre fille de la campagne.

Il s'attendait à ce qui allait se passer, prévoyait qu'elle ne parviendrait pas jusqu'à lui et, en effet, quelques instants plus tard, elle s'en retournait vers la rue.

Il la revit une dernière fois, environ deux mois plus tard, ou plutôt ne fit que l'apercevoir dans la nuit, à travers une grosse pluie d'orage. Il se précipitait vers la voiture en compagnie de Viviane et il avait déjà ouvert la portière quand un visage s'était détaché de l'ombre ; une silhouette s'était avancée, une main, lui semblait-il, s'était tendue, mais il était trop tard. Après un instant d'hésitation, il refermait la portière et Viviane mettait le moteur en marche.

Cette fois, la secrétaire parla :

— C'est une intrigante.

Lui s'était tu. A quoi bon répondre ? Obliger Viviane à faire demi-tour ? Retrouver la jeune fille dans la nuit et avoir avec elle une explication sous la pluie et les éclairs ?

Quelle explication ? Que ferait-il d'elle ? Il ignorait si Viviane n'avait pas raison.

— Où dînons-nous ?

Ils avaient dîné tous les deux chez Lucien. Il avait eu droit à deux martinis au lieu d'un et plusieurs fois, au cours du repas, Viviane avait posé la main sur la sienne comme il le faisait à ses patientes pour détourner leur attention de la peur ou de leur souffrance.

Quant à l'inspecteur, il l'avait rencontré une seule fois, trois ou quatre ans plus tôt, à l'occasion d'un vol commis, non dans les chambres, mais à l'économat. Il le retrouvait soudain, un matin, dans le bureau de Mlle Roman, à qui il montrait une photographie.

Sa secrétaire avait-elle craint de le voir surgir dans la pièce pour s'informer de ce qui se passait ? Il n'en avait rien fait, s'était docilement dirigé vers l'ascenseur.

A midi, seulement, comme ils montaient en voiture, il avait questionné :
— C'est elle ?
— Oui.
— Morte ?
— Oui.
— Comment ?
— La Seine.

Ce jour-là, s'il alla jusqu'à la chambre de David, il n'osa pas toucher l'ours en peluche qu'il se contenta de regarder de loin, les yeux rouges, moins d'avoir pleuré que d'avoir bu trop de cognac.

Le lendemain, il se cacha pour lire le journal, trouva ce qu'il cherchait. La photographie pour carte d'identité était mauvaise et la jeune fille y apparaissait presque laide.

Son prénom était Emma. Il ne retint pas son nom, un nom allemand en *ein*.

On l'avait repêchée au barrage de Suresnes, en

aval de Paris. Bien que le corps eût séjourné plusieurs jours dans l'eau, le médecin légiste déclarait qu'elle était enceinte de quatre à cinq mois.

Le journal ajoutait qu'à son arrivée à Paris, à l'âge de dix-huit ans, la jeune fille avait travaillé dans une clinique qu'on ne citait pas et qu'elle avait trouvé ensuite à s'embaucher comme fille de cuisine dans un restaurant de la Bastille.

3

*La leçon de clinique, le déjeuner en famille
et la carrière de David*

Pour se rendre d'Auteuil au carrefour de Port-Royal, il avait suivi, au cours des années, des itinéraires différents, obligé parfois d'en changer par un nouveau sens unique ou par des travaux. C'étaient ses seuls moments de contact avec la rue, ses seuls vrais moments de détente aussi, surtout depuis qu'il n'avait plus le souci de conduire.

Quand l'auto franchissait le pont Mirabeau, c'était rare qu'il ne se penchât pas pour tenter d'apercevoir un train de péniches, ou des bateaux amarrés le long du quai. Rue de la Convention, il reconnaissait les boutiques, la couleur des façades, les quelques maisons à un ou deux étages qui survivaient au pied des immeubles neufs à la tranche barbouillée de réclames.

Il marchait de moins en moins. Il n'en avait plus le temps. Il n'aurait pas pu dire depuis combien d'années il n'avait pas pris le métro ou l'autobus et il se sentait perdu, presque angoissé, dans la foule.

L'Alsacien aux gros souliers, en quittant la rue

des Tilleuls, avait-il pris le métro ? N'était-ce pas plutôt le genre d'homme à traverser Paris à pied, de sa démarche traînante, en s'arrêtant pour regarder les plaques des rues, un peu effrayé, lui aussi, par le mouvement qui l'entourait ?

Il devait aller droit devant lui, en ruminant son idée fixe. Etait-il le frère de l'Ours en Peluche ? Etait-ce un fiancé qu'elle avait laissé au pays ? Tout à l'heure, Chabot avait cherché une ressemblance en scrutant son visage et il s'était aperçu qu'il avait peine à retrouver les traits de la jeune fille dans sa mémoire.

L'auto s'engageait dans la rue Lecourbe, qu'il aimait bien, sans raison, atteignait le boulevard du Montparnasse où il ne manquait pas de regarder, sur la droite, le square du Croisic, une encoche qu'on remarquait à peine dans l'alignement des immeubles.

Il avait habité pendant des années, douze ans à peu près, au troisième étage de la maison qui faisait l'angle. Lise et Eliane y étaient nées. C'était là aussi qu'à côté de la porte d'entrée il avait fixé sa première plaque de médecin et une des fenêtres, qu'il pouvait désigner du doigt, était restée bien des nuits éclairée lorsqu'il préparait son agrégation.

Ici, il connaissait vraiment les boutiques, la boucherie, la crémerie, l'échoppe du savetier, non seulement leur façade, mais leur odeur, pour y avoir fait le marché, à la fin des couches de sa femme, par exemple, ou encore quand ils étaient sans bonne. Il s'arrêtait chaque jour au même bureau de tabac pour acheter ses cigarettes, car il fumait beaucoup plus qu'à présent, et il avait glissé des milliers de lettres par la fente de la borne-poste.

Quand ils roulaient ainsi, Viviane ne lui adressait presque jamais la parole d'elle-même. Sans doute pensait-elle de son côté. Avait-elle remarqué qu'une certaine transformation s'opérait en lui à mesure qu'on approchait de la Maternité, surtout après qu'on avait dépassé la gare Montparnasse ?

Il espérait que ce n'était pas visible, que cela ne se passait qu'à l'intérieur. Dans le cas contraire, il était à peu près sûr qu'elle ne pouvait comprendre. Tout le monde se tromperait, du reste, sur cette sorte de raidissement qui s'emparait de lui et qu'il avait mis longtemps à analyser.

Certes, rue des Tilleuls, il était responsable de la vie et de la santé de ses patientes, de leur satisfaction aussi, et jusque de leur humeur qui avait une influence directe sur la bonne marche et la prospérité de la clinique. Il était le maître, chacun en avait conscience. On le traitait avec respect, certains avec soumission.

Dans les immenses bâtiments de la Maternité de Port-Royal, où il n'allait pas tarder à pénétrer, sa position était différente. Ici, il n'était plus le patron, mais le grand patron, un mot qui avait un sens précis, qui impliquait des responsabilités non seulement matérielles, mais d'ordre moral et intellectuel impressionnantes.

Après onze ans de professorat, il en restait conscient et était encore pris de trac comme au premier jour.

Dès son entrée dans la cour, il se sentait investi d'une dignité quasi sacerdotale. C'était de lui, pour une grande part, que dépendait l'efficacité de l'hôpital, des sages-femmes et des infirmières. Il avait formé la plupart des jeunes. Et si tous les futurs obstétriciens de Paris ne recevaient pas son enseignement, des centaines de praticiens n'en seraient pas moins marqués pour des années, sinon pour leur vie entière, par ses disciplines.

A cause de cela, une sorte de miracle se produisait. Il quittait Viviane dans la cour, car elle n'avait pas sa place ici et elle en profitait pour faire des courses, donner des coups de téléphone d'un café voisin, mettre des dossiers en ordre, dans le fond de la voiture, ou encore pour lire des journaux et des magazines.

Que ses collaborateurs ou ses élèves aperçoivent la jeune femme attendant de la sorte, qu'ils en plaisantent et qu'ils en rient, cela le préoccupait peu. Ne se moquait-on pas aussi de sa raideur professorale, de sa solennité, de ses mouvements lents et méticuleux ?

Ce n'était pas un masque, quoi qu'ils en pensent, mais le respect qu'il avait de sa fonction. Il ne cherchait pas à être populaire et l'idée ne lui serait pas venue, par exemple, d'imiter certains confrères en provoquant, par des plaisanteries, la bonne humeur des étudiants.

Tout ceci n'était peut-être pas vrai, ou n'était qu'à moitié vrai, il l'admettait en son for intérieur. Son attitude n'était-elle pas due à sa maladresse, à sa gaucherie, à son inaptitude à se mêler aux autres hommes ?

Il traversait les cours, s'engageait dans le labyrinthe de larges couloirs et d'escaliers, saluait des hommes en blanc, des jeunes femmes en uniforme, apercevait, par les portes ouvertes, des rangs de lits où des patientes attendaient.

C'était un autre monde dans lequel il devenait un autre homme, froid et précis. Pendant qu'il passait sa blouse et se savonnait les mains, son assistante, Nicole Giraud, commençait déjà son compte rendu, puis une sonnerie appelait ses deux chefs de clinique, Ruet et Weil, qui se trouvaient quelque part dans les salles.

D'une seconde à l'autre, il retrouvait la mémoire

des plus petits détails, interrompait ses collaborateurs dès qu'ils s'attardaient inutilement sur un cas déjà étudié.

— Je sais. Je l'ai vue dimanche soir. Dites-moi seulement comment elle a réagi au traitement hormonal.

Il venait souvent ici tôt le matin, à l'heure où les infirmières étaient le plus agitées, avant de se rendre rue des Tilleuls. Il n'était pas rare qu'il passe à nouveau dans la soirée, même si aucune urgence ne nécessitait sa présence.

Nicole Giraud était mariée depuis peu à un pédiatre. Elle ressemblait à Viviane, en plus moelleux et en plus spontané. Il avait eu des vues sur elle avant qu'elle lui annonce ses fiançailles mais, de toute façon, cela aurait été trop compliqué.

Ruet était maigre, pointu, ambitieux. Chabot n'était pas sûr d'avoir sa sympathie, alors que Weil, au contraire, les cheveux noirs et frisés, mettait un empressement touchant à manifester son dévouement.

Ni l'un ni l'autre n'avait trente-cinq ans. C'était déjà une nouvelle génération, les étudiants en formant encore une différente.

On aurait dit qu'ici, à cause des concours, des places et des titres, les générations se succédaient à un rythme plus rapide qu'ailleurs.

Chabot passait dans les salles et ils étaient un groupe à le suivre, à écouter, cependant que Mme Giraud lui passait les documents au fur et à mesure et prenait des notes. Quand il se penchait sur une patiente, ce n'étaient pas seulement ses assistants qui l'observaient, mais il sentait sur lui les regards anxieux de toutes les malades de la salle.

Jamais indécis, il prenait le temps de la

réflexion, silencieux et grave, avant de prononcer un diagnostic qui ne prêtait pas à équivoque.

Ce matin, il avait peu de patientes à voir personnellement et, à onze heures précises, une nouvelle sonnerie appelait les élèves dans la salle de clinique. Ses dossiers devant elle, Mme Giraud se tenait à sa droite tandis que les jeunes gens en blouse blanche s'asseyaient en demi-cercle. A la fin du cours, il y en avait toujours un certain nombre debout, un groupe plus serré près de la porte.

Sur un signe du professeur, Nicole Giraud lisait la description clinique du premier cas et, comme un retardataire se glissait dans la pièce, on entrevoyait les malades qui attendaient dans le couloir, assises sur le banc ou couchées sur un lit mobile.

— Faites entrer.

Selon son habitude, il se levait pour s'approcher de la malade, la questionnait avec patience, répétant ses questions sous des formes différentes afin d'être sûr d'une réponse exacte.

— C'est ici que vous avez mal ?... Un peu plus haut ?... Ici ?... Toussez... Plus fort... La douleur devient-elle plus forte quand vous toussez ?... Essayez maintenant de me décrire cette douleur... Est-ce que cela ressemble à des coliques ?... Non ?... A un coup de poignard ?...

Il n'y eut que trois cas ce matin-là. Dans le premier, le diagnostic était évident, le traitement classique. Une Italienne, qui avait déjà eu cinq enfants sans histoires, était enceinte de cinq mois et se plaignait de douleurs qu'il fut assez difficile de lui faire préciser. Presque tout de suite, il conclut à une sciatalgie, ordonna le repos allongé, des vitamines B_1 et de la phénylbutazone.

La seconde patiente, une dactylo non mariée, souffrait d'un déséquilibre hormonal qui risquait de provoquer un avortement. Pendant qu'il donnait, pour ses élèves, des explications qu'elle ne comprenait pas, la jeune fille étendue, le corps demi-nu, au milieu de tous ces hommes, ne regardait que le professeur, un peu comme des primitifs regardent le sorcier de la tribu, et il était évident que, dans son esprit, sa vie et celle de son enfant ne dépendaient que de lui.

La dernière était si maigre, si défaite, qu'elle supportait avec peine le poids de son ventre. Elle n'était pas mariée non plus, travaillait en usine, du côté de Javel, jusqu'à la semaine précédente. Son visage lunaire, ses gros yeux à fleur de tête n'exprimaient que des réactions élémentaires.

Elle avait déjà fait deux avortements non provoqués. Elle était persuadée qu'elle allait en faire un troisième, y était résignée, ne cherchait pas à comprendre, acceptant ce qui lui arrivait comme une décision du destin. Elle écoutait à peine ce qu'on lui disait et il était difficile d'obtenir d'elle une réponse autre qu'un mouvement de la tête ou un gémissement.

— Donnez-moi votre main...

Chabot l'ouvrait, se penchait, découvrait, comme il s'y attendait, des points bruns minuscules dans les replis de la paume. D'autres taches ne tarderaient pas à apparaître ailleurs. Maladie d'Addison. Cortisone par voie intramusculaire.

— A surveiller de près et m'en reparler, dictait-il à son assistante.

Il était à peu près certain de sauver l'enfant. Serait-ce un bien ou un mal ? Il lui arrivait presque chaque semaine de lutter avec toutes les armes de la médecine pour sauver un monstre inconscient que les hôpitaux et les œuvres de charité se renverraient par la suite. Cela ne le regardait pas.

Il regagnait son bureau, signait des documents que son assistante lui tendait, saluait ensuite, dans un couloir, le professeur Blanc, qui enseignait la gynécologie.

Il retrouvait Viviane dans l'auto et, en même temps, ses tourments.

— Avenue Henri-Martin ?
— Oui.
— Vous n'oubliez pas que Mme Roche a décidé d'accoucher vers deux heures ?

Viviane était jalouse de l'univers de Port-Royal, dont elle était exclue, et elle mettait une certaine hâte à ramener son patron à d'autres préoccupations, comme si elle le reprenait en main.

— J'ai remis la plupart des rendez-vous. A tout hasard, j'ai fait venir Mrs Markham à cinq heures et la petite Mme Saligan à cinq heures et demie.

Les yeux mi-clos, il semblait somnoler. Cela le prenait de plus en plus souvent, même quand il avait dormi la nuit entière. C'était une fatigue totale, qui dépassait le domaine physique, un arrêt presque brusque de ses facultés, sauf celle de penser. Et encore, à ces moments-là, n'avait-il plus qu'une pensée unique : lui-même.

Lui d'un côté, vidé, incapable de réagir, et de l'autre côté, tout autour, le reste du monde, insouciant en apparence, des hommes, des femmes, des êtres qui marchaient, qui parlaient, qui riaient, un décor qui s'obstinait à le rejeter, des objets avec lesquels il avait perdu le contact et qui seraient les mêmes quand il aurait disparu depuis longtemps.

Incapable de dire quand ça avait commencé, il était tenté de répondre ironiquement : « Cela dure depuis toujours. »

Il avait essayé tous les médicaments, il en prenait encore, que Viviane lui tendait avec un verre d'eau le moment venu.

Si, à ce moment, il avait hâte d'arriver chez lui, c'était pour se précipiter dans son bureau, en fermer la porte à clé et saisir la bouteille de cognac.

Aucun organe n'était atteint, ses confrères qui l'avaient examiné à maintes reprises le lui affirmaient. Auraient-ils osé lui mentir ? Tout au plus son estomac était-il irrité par l'alcool, ce qui provoquait des spasmes déplaisants.

Dix fois, il avait supprimé le cognac. Dix fois, il avait été forcé d'y revenir à nouveau, sans jamais exagérer, d'ailleurs, sans être ivre, comme le prouvait le fait que, dans son entourage, personne ne s'était aperçu qu'il buvait.

La honte de boire ainsi, en cachette, le minait. Il haïssait ses mouvements furtifs, les ruses qu'il devait déployer, par exemple, pour apporter les bouteilles à la maison, sous son pardessus ou dans sa serviette. A la clinique, c'était plus compliqué encore. Il devait envoyer Viviane assez loin sous un motif plausible, se rendre à pied dans une épicerie du quartier avec la crainte d'être aperçu par quelqu'un de son personnel.

— Je vous laisse la voiture ?

Il ne s'était pas aperçu qu'on était arrivé avenue Henri-Martin. Il fit oui de la tête, sans être sûr de ce qu'elle lui avait demandé. Cela n'avait pas d'importance. Elle habitait à cinq cents mètres à peine.

Il venait de penser à l'Alsacienne et, tout bien pesé, il penchait pour un fiancé, car il lui semblait qu'un frère aurait agi autrement.

Il ne but qu'un verre, jeta un coup d'œil indifférent sur le courrier que sa secrétaire avait dépouillé le matin. D'un geste machinal, il ouvrit le tiroir de son bureau et prit l'automatique dans sa main.

Il en trouva le contact agréable. L'arme était

lourde et lisse, plus petite que dans son souvenir. Il fit l'expérience de la glisser dans sa poche, la retira aussitôt, mais ce fut pour l'y remettre quelques instants plus tard.

Maintenant que la bouteille était cachée, il pouvait tourner la clé dans la serrure et quand, au bout de cinq ou six minutes, Jeanine vint lui annoncer que le déjeuner était servi, elle le trouva qui se regardait sévèrement dans la glace.

Quand ils avaient emménagé avenue Henri-Martin, c'était lui qui avait tenu à ce que la salle à manger conserve un caractère familial, à ce que, à côté des deux salons d'apparat, elle fasse un peu figure d'une salle à manger de province, par exemple dans une de ces grandes maisons de notaire que les passants regardent avec envie.

Autour de la table ronde et massive, sa femme et les enfants avaient déjà pris place et il n'eut pas à froncer les sourcils, car personne ne manquait.

Pourquoi, chez eux, avait-on perdu l'habitude de s'embrasser ?

Dès le matin, chacun allait et venait, menant sa vie personnelle sans se soucier des autres et, s'il n'y avait eu l'obligation tacite d'assister au déjeuner, on aurait pu passer des jours sans se rencontrer sinon, par hasard, dans un couloir ou dans l'ascenseur.

Il n'avait vu ni son fils ni ses filles ce jour-là et pourtant personne ne se levait pour venir à lui ; David, seul, se contentait de grommeler :

— Ça va, Dad ?

De sa part, c'était beaucoup. Lise continuait à l'appeler père. Eliane, pendant un temps, vers ses quinze ou seize ans, s'était amusée à l'appeler par son prénom, puis avait cessé du jour au lendemain pour une raison inconnue.

Sa femme disait afin de meubler le silence :

— J'espère que tu pourras te reposer une heure après le déjeuner ?

— J'en doute. On va probablement m'appeler d'un moment à l'autre.

— Tu ne pourrais pas t'arranger pour qu'Audun te remplace de temps en temps ?

Les mots tombaient dans le vide et ne signifiaient rien. A l'occasion, on parlait comme ça de sa fatigue, de sa santé, de son travail, sans que personne s'en préoccupât réellement. On se contentait d'en vivre.

Pourtant, ces deux filles, ce garçon à la grosse voix devenu plus grand que lui, avaient été des bébés, puis des enfants.

S'il ne l'avait pas fait pour David, parce que, quand celui-ci était né, la vie était déjà trop compliquée, il était arrivé à Chabot, comme à tous les pères, de donner le biberon à Lise, à Eliane, de changer leurs couches.

C'était lui et non sa femme, square du Croisic, qui avait marqué la taille des deux filles, année par année, d'un coup de canif sur le chambranle de la porte. Ces marques y étaient-elles toujours ? Un jeune médecin avait repris le bail ; il avait des enfants et Chabot se demandait tout à coup si, à son tour, il inscrivait leur taille sur l'autre montant.

Ici, il n'y avait pas de marques. On n'avait pas eu besoin de dire à un David collé à la cloison :

— Ne bouge pas. Ne te soulève pas sur la pointe des pieds. Tu triches...

Eliane trichait chaque fois. Non, c'était Lise. Il ne savait plus, alors que ces menus incidents revêtaient tant d'importance à l'époque.

On mangeait les hors-d'œuvre en silence et il sentait que c'était lui qui les gênait. Il lui arrivait, s'approchant d'une porte, d'entendre des voix joyeuses qui se taisaient brusquement dès qu'il apparaissait dans l'embrasure.

Sa femme, seule, s'efforçait encore, de temps à autre, d'entretenir la conversation, de créer une animation artificielle.

Elle était plus élégante, plus séduisante même, à quarante-sept ans, que quand il l'avait connue au Quartier Latin. Alors, elle lui semblait plutôt quelconque, assez jolie, mais sans plus, et c'était peut-être une certaine discrétion, une certaine passivité qui l'avaient attaché à elle assez pour qu'il l'épouse.

Tant que les enfants étaient petits, elle n'avait été qu'une mère préoccupée de leur santé, de leur propreté et de son ménage. Le monde lui avait longtemps fait peur et il se souvenait de sa gêne et de sa résistance quand, pour la première fois, il avait parlé de l'emmener chez un grand couturier.

— Ce n'est pas pour moi, Jean ! Je vais me rendre ridicule !

C'était la période montante, celle des premiers succès, des premières grosses rentrées d'argent, l'époque aussi des dîners en ville et des réceptions avenue Henri-Martin où ils ne se sentaient pas encore chez eux.

Christine avait dû tout apprendre, les fourrures et le bridge, l'art de placer les gens à table et celui, au salon, de faire et défaire les groupes.

Il y avait longtemps maintenant que Chabot ne sortait plus. Sa femme continuait, sans conviction, peut-être pour remplir un vide de la seule façon à sa portée.

Parfois, en la voyant si élégante, si soucieuse de

son visage et de sa ligne, effrayée à l'idée de vieillir, il s'était demandé si elle avait des amants. Cela lui aurait paru naturel. Il n'était pas sûr de ne pas l'avoir souhaité, comme pour calmer sa conscience, encore que certaines images lui fissent froid au cœur.

Avait-elle, comme lui, perdu le contact avec les enfants ? Moins que lui, en tout cas, et, s'ils n'en faisaient qu'à leur tête, s'ils ne continuaient visiblement à vivre qu'avec une certaine répugnance dans le monde des aînés, il surprenait parfois, entre eux et leur mère, des regards complices.

— Tu sais, Dad...

C'était la voix de David et ce préambule n'annonçait rien de bon.

— J'ai beaucoup réfléchi, ces temps derniers...

Les deux filles, il l'aurait juré, étaient au courant et prenaient des airs innocents. Sa femme savait-elle aussi ?

— Je n'ai aucune envie d'être médecin, avocat ou ingénieur...

David ajoutait, ironique, avec une gaieté forcée :

— Tu comprends, de ton temps, c'était le rêve de tous les parents ambitieux, les commerçants, les employés, les fonctionnaires... Faire de leur fils un médecin, un magistrat ou un avocat... Tu vois ce que je veux dire ?

— Ton grand-père était fonctionnaire, dit-il lentement, en regardant son fils comme s'il cherchait à formuler un diagnostic.

— Je sais. Et toi, tu es médecin. C'est très bien. Il y en a donc un dans la famille...

— Je ne t'ai jamais demandé de...

— D'accord ! Seulement, si je ne veux devenir ni médecin, ni avocat, ni ingénieur, ni rien de tout ça, il n'y a aucune raison pour que je m'esquinte à passer mes deux bacs. C'est si vrai que le gouvernement pense depuis plusieurs années à les supprimer. Je suis déjà en retard d'au moins un an, à cause de la maladie que j'ai eue à treize ans...

Jeanine changeait les couverts et des bruits de vaisselle se mêlaient aux voix. David, un peu rouge, avait dit le plus difficile et attendait la réaction de son père avant d'aller plus loin.

Un instant, on put croire, tant Chabot paraissait absent, qu'il allait laisser tomber l'entretien. Il finit néanmoins par prononcer, de la même voix qu'il parlait à ses élèves :

— Quelle est ton idée ?
— Je veux devenir reporter.

David devait s'attendre à des remous, car il était décontenancé par le manque de réaction et avait quelque peine à retrouver son assurance.

— C'est un métier qu'on doit commencer jeune... Bien sûr, on ne va pas m'envoyer tout de suite en Amérique du Sud ou en Chine et on ne me chargera pas d'interviewer des chefs d'Etat... Au début, je compte m'essayer dans les sports... Il y faut des jeunes et je m'y connais assez bien...

— Qui t'a mis cette idée en tête ?
— Personne. J'y pense depuis longtemps.
— Tu t'es présenté dans des journaux ?
— Je ne voulais pas le faire avant de t'en parler, mais Caron a promis de me pistonner.
— Jean-Paul t'a simplement dit... intervint Lise, gênée.
— Il m'a dit qu'il me présenterait au directeur sportif de son journal et qu'il y avait toujours place, dans son équipe, pour un garçon débrouillard. Est-ce vrai ?
— C'est vrai.
— Tu fréquentes beaucoup ce Caron ?
— Assez. Il est plus âgé que moi, mais c'est un copain.

— Où l'as-tu connu ?
— Ici.
— Tu le rencontres en ville ?
— En ville et chez lui. Son père lui a offert un studio près de l'Etoile.
— Tu y vas avec ta sœur ?
— Avec et sans elle.

Coupant soudain au court, il poursuivait :
— Si je te parle dès maintenant, c'est pour t'éviter une désillusion. On m'a laissé monter de classe de justesse, peut-être à cause de toi, et, depuis la rentrée, je patauge plus que jamais. Mes professeurs savent si bien qu'il n'y a rien à faire qu'ils feignent de ne pas voir que je lis pendant les cours. Si tu préfères que j'aie l'air de préparer des examens auxquels je ne me présenterai jamais...

— Tais-toi, David, intervint doucement Mme Chabot.

Le gamin ne pouvait plus se taire. Il était sur sa lancée.

— Je sais que je te déçois, que je te fais peut-être de la peine, je ne vois d'ailleurs pas pourquoi. Ce n'est pas parce que tu es un professeur éminent que ton fils est obligé de devenir un génie. Quant à l'argent, je ne t'en demande pas. Je suis capable de me débrouiller. Il n'y a aucune raison pour qu'on se montre plus sévère avec moi qu'avec ma sœur. Quand Eliane, à seize ans, a décidé de suivre des cours d'art dramatique, on ne l'en a pas empêchée, et pourtant...

Il finit par obéir au regard de sa mère. Eliane avait dix-neuf ans. Si elle n'avait pas encore débuté au théâtre ou au cinéma, il lui était arrivé de tenir de petits rôles à la télévision.

Quant au « et pourtant... » de David, il n'était que trop clair. Non seulement sa sœur ne se défendait pas d'avoir des aventures avec ses camarades, mais elle se vantait d'avoir été déniaisée par son professeur, un acteur assez célèbre dont elle était restée le chouchou.

— Tu ne reprends pas de gigot ?
— Merci.
— Vous pouvez desservir, Jeanine.

Chabot sentait dans sa poche le poids de l'automatique et souriait malicieusement, car il n'avait nulle envie de s'en servir. Son attitude surprenait tout le monde, surtout sa femme.

— Quand comptes-tu quitter le lycée ?
— J'avais pensé aller jusqu'aux vacances de Noël.
— Cela te donne le temps de réfléchir.
— Moi, je veux bien. Mais c'est tout réfléchi.
— Alors, n'en parlons plus.

Lâcheté ou pas lâcheté, il avait la conviction que la lutte était inutile. Avec Viviane non plus, il n'avait pas lutté. Il n'avait même pas osé lui demander ce qu'était devenue la petite Alsacienne qu'il appelait l'Ours en Peluche.

Elle avait disparu du jour au lendemain et il n'avait rien dit. Elle était venue un matin à la clinique pour le voir et, sachant qu'on ne la laisserait pas aller jusqu'à lui, il n'avait pas bougé de sa fenêtre.

Enfin, elle s'était précipitée, en détresse, vers sa voiture, un soir d'orage, et il avait refermé la portière.

A table, il semblait leur sourire. On l'avait exclu du cercle, ou il s'en était exclu sans s'en apercevoir, cela revenait au même. Seul le résultat comptait.

— Tu ne prends pas de dessert ?
— Merci. Qu'on me serve le café dans mon bureau.

Il n'était pas deux heures et Viviane n'était pas

arrivée. Il n'avait pas envie de boire. Il n'avait envie de rien. Sur son bureau, pour suivre la tradition du monde médical, une photographie de ses trois enfants était encadrée d'argent. Aux murs, entre les bibliothèques de palissandre, des tableaux de peintres connus, certains célèbres.

Un panneau était réservé à d'autres photographies, presque toutes d'hommes âgés, ornées de flatteuses dédicaces : ses maîtres de la Faculté, des professeurs étrangers rencontrés au cours des congrès internationaux.

Un seul portrait, jauni, démodé, ne portait aucune mention, celui de son père, le fonctionnaire dont David avait parlé à table : un homme assez gros, assez lourd, les cheveux coupés en brosse, la moustache grisonnante, le ventre barré d'une chaîne de montre alourdie de breloques.

Beaucoup de ceux qui s'arrêtaient devant le portrait croyaient le reconnaître et, curieusement, chacun citait un nom différent, celui de quelque personnalité politique du début du siècle.

Or, si son père avait fait de la politique, il n'avait été connu que par un petit cercle d'initiés, à Versailles, et encore était-ce à un scandale qu'il avait dû sa célébrité passagère.

Fonctionnaire, il l'était jusqu'aux moelles, francmaçon aussi, à l'époque où ce mot faisait encore frémir certaines gens, libre penseur passionné.

C'était vrai qu'il avait voulu faire de son fils un médecin. Un médecin ou un avocat. Médecin pour empêcher les pauvres gens de souffrir. Avocat pour les défendre.

Il ne prévoyait ni l'avenue Henri-Martin, ni l'élégante clinique des Tilleuls. La Maternité de Port-Royal aurait-elle suffi à le consoler ?

De sa mère, qui vivait encore dans l'appartement de Versailles où il était né, Chabot n'avait, parmi ses paperasses personnelles, qu'une petite photo de jeune fille et, s'il l'avait gardée, c'était à cause de la coiffure et de la robe à la mode de jadis.

Elle était fille de pharmacien. La pharmacie existait toujours, à peine modernisée, dans une rue tranquille et mal éclairée de Versailles.

Son père, lui, était fils de paysans et s'en vantait. Il avait une voix sonore, la voix de Jaurès, disait-il volontiers, dont il était un ardent admirateur. Il s'était marié tard. Quand il avait eu un fils, il était chef de bureau à la préfecture de Seine-et-Oise et n'allait pas tarder à avoir la responsabilité des écoles départementales.

Que s'était-il passé alors ? C'est à peine si Jean Chabot se souvenait d'un père bon vivant, bien en chair, qui défendait ses idées en frappant du poing sur la table.

La question religieuse divisait la France. Auguste Chabot avait-il réellement pris de dangereuses initiatives, à l'insu, prétendait-on, et même à l'encontre de ses chefs ?

La famille avait connu une période sombre, angoissante, dans le petit appartement de la rue Berthier, d'où on voyait les murs du parc du château.

Le gamin, à dix ans, entendait parler de conseil de discipline, de faux témoignages, de documents falsifiés. Il avait vécu, à une petite échelle, une sorte d'affaire Dreyfus et, un soir, il avait vu son père rentrer chez lui pour s'effondrer dans son fauteuil qu'il ne devait pratiquement plus quitter.

C'était un fauteuil Voltaire, près de la fenêtre, et les craquelures du cuir dessinaient comme une carte géographique.

Pendant huit ans, son père allait y rester du

matin au soir, refusant sa porte au médecin, refusant de sortir, de voir ses anciens amis.

On l'avait révoqué et il ne voulait plus rien connaître du monde.

Il continuait à manger et à boire. Il ne maigrissait pas, mais son teint devenait cireux, ses jambes enflaient, son cou s'épaississait d'année en année.

Il ne faisait que lire et relire les mêmes ouvrages de sa bibliothèque, au point qu'il pouvait réciter par cœur des chapitres entiers de Renan.

La pension était à peine suffisante pour vivoter et, sans des bourses successives, Jean Chabot n'aurait pu aller jusqu'au bout de ses études.

— Ah ! ils ne veulent plus de moi...

En somme, son père avait renoncé. La dernière année, bien qu'âgé seulement de cinquante-cinq ans, il ne lisait plus, restait tassé dans son fauteuil, à regarder le ciel, dans l'attitude des vieux qu'on voit attendre la mort au seuil des fermes.

Sa mémoire faiblissait. Il s'embrouillait dans les noms, puis il en arriva à sauter des syllabes, des mots entiers, au point qu'il devenait difficile de comprendre son langage.

Quand une crise d'urémie l'emporta, il y avait plusieurs semaines qu'il ne reconnaissait plus son fils et qu'il ne quittait plus son fauteuil pour faire ses besoins.

Son portrait était là, parmi les grands patrons de la médecine.

David avait décidé d'être reporter, comme ce crétin agressif de Jean-Paul Caron que Lise s'était mis en tête d'épouser.

Eliane s'enduisait les lèvres d'un produit qui les rendait si pâles qu'avec ses cheveux qui tombaient raides des deux côtés de son visage elle avait l'air d'un fantôme.

Viviane traversait le salon d'attente, ses hauts

talons martelant le parquet, s'exclamait au seuil du bureau :

— Deux heures ! Mme Roche a tenu parole ! Elle vous a laissé déjeuner en paix. A présent, le téléphone peut sonner...

Puis elle fronça les sourcils, car son patron n'avait pas bougé. Elle crut d'abord qu'il avait une de ses absences mais, en s'approchant, elle s'aperçut qu'il dormait, un sourire inquiétant aux lèvres.

4

Le désarroi de Mme Roche et le dîner des enfants

Viviane fut la cause involontaire du premier incident, le moins grave en soi, qui allait entraîner les deux autres. Chabot n'aurait pas pu dire avec précision à quoi il pensait dans la voiture mais, exceptionnellement, son état d'esprit était presque agréable. Il y avait du soleil, un de ces soleils d'arrière-saison dont les rayons mielleux collent aux choses. L'air était tiède. Il avait cueilli des images au passage : un chien qui dormait devant une grille, les pattes raides de bonheur animal, un chauffeur en livrée lisant un journal anglais sur le siège d'une Rolls Royce, un cavalier et une amazone qui se dirigeaient vers le Bois au pas rythmé de leurs chevaux qu'on entendait décroître. Il venait presque de retrouver le quartier tel qu'il lui était un jour apparu dans son enfance : un havre de paix et de bien-vivre.

Or, au moment de tourner à droite pour pénétrer dans le parc de la clinique, Viviane avait soudain regardé des deux côtés de la rue avec attention, comme avec crainte, et cela lui avait remis l'Alsacien en mémoire. Un tel réflexe, à cet endroit précis, ne prouvait-il pas que sa secrétaire savait et qu'elle avait intercepté un certain nombre de messages sur le pare-brise de la voiture ? Ne pouvait-il en conclure que l'homme était libre d'autres jours que le mardi et le samedi ? Et, dans ce cas...

Chabot en était là tandis qu'il gravissait les marches du perron et voilà que, dans la charmille, à trois mètres de lui, on entendait un bruit de branches agitées, de feuilles crissantes. La peur s'était saisie de lui, irraisonnée, animale. Il s'était arrêté net, attendant une détonation, des pas précipités, un coup de couteau, n'importe quoi de brutal et de définitif.

Il n'avait pensé ni à son automatique ni à un geste de défense. Il s'était résigné, acceptant un fait qu'il considérait déjà comme presque accompli.

Cela n'avait duré que quelques secondes, le temps, pour Viviane, de le rejoindre, de le regarder avec surprise, avec inquiétude, tandis qu'il apercevait un jardinier sortant du fourré, un outil banal à la main.

Elle n'avait pas posé de questions. Il ne lui avait pas fourni d'explication. La laissant au rez-de-chaussée, songeuse, il s'était dirigé vers l'ascenseur et n'avait fait que passer dans son bureau pour y endosser sa blouse.

Quand il poussa la porte du 9, son visage conservait-il la marque de son émotion ? C'était possible. Il n'y avait que cette explication-là, à moins de croire à une coïncidence peu vraisemblable. A son entrée, Mme Roche, étendue sur son lit, avait l'air joyeux, un peu surexcité, en dépit du cerne sous les yeux commun à toutes les femmes après plusieurs heures de contractions. Elle lui lançait :

— Alors, professeur, ai-je tenu parole ?

Mme Doué, près d'elle, faisait signe au professeur qu'il était temps d'amener le lit roulant. A peine lui avait-il répondu d'un regard que la jeune femme avait changé. Si son visage n'exprimait pas la crainte à proprement parler, on y lisait un doute, un flottement ; elle s'efforçait de garder un ton plaisant pour questionner :

— Cela ira aussi bien que les deux autres fois, n'est-ce pas ?

Il hésita. Un temps très court. Parce qu'il était surpris. Parce qu'il se demandait ce qu'il y avait dans ses yeux pour qu'une femme aussi sûre d'elle en soit impressionnée. Il s'entendait enfin répondre :

— Pourquoi cela n'irait-il pas aussi bien ?

— Il paraît que c'est une présentation par la tête, comme les autres.

— Je sais. Mme Doué me l'a confirmé au téléphone.

C'était vrai. Elle avait employé l'abréviation courante : MIGA, c'est-à-dire mento-iliaque gauche antérieure.

— Qu'est-ce qui vous inquiète ? insistait-elle.

Il s'efforçait de rire.

— Rien du tout. Je vous jure que je ne suis pas le moins du monde inquiet. J'ai eu tort de m'assoupir un moment après le déjeuner.

Elle le crut et fut soulagée.

— C'est donc ça ! Vous êtes comme mon mari...

Elle s'interrompait à cause d'une contraction qui commençait, adoptant d'elle-même la respiration accélérée de l'accouchement sans peur auquel elle s'était exercée dès son premier enfant.

Elle reprenait, après un coup d'œil au réveil :

— Trente secondes... C'est une courte, mais en profondeur... Je disais que mon mari, quand il fait la sieste, en a pour une heure ou deux à se sentir barbouillé...

— Prête ?

Il lui souriait. Il était essentiel de lui rendre sa confiance. Tout à l'heure, quand l'expulsion commencerait, une entente parfaite entre eux était indispensable, puisque c'était lui qui dirigerait ses réflexes conditionnés. Elle ne serait qu'un automate, qu'il animerait par des mots clés.

— Vous n'êtes pas fatigué, professeur ? Vous ne finissez pas par haïr toutes ces femmes qui vous empêchent de mener une vie comme les autres ?

Les infirmières apportaient le lit sur roues et il leur fit signe d'attendre, car une nouvelle contraction s'annonçait. Quand on la sortit enfin de la chambre, il serra sa main moite.

— Je vous rejoins tout de suite...

Mlle Blanche l'aida à se préparer. Il s'efforçait de ne plus penser à ce qui venait de se passer, aux deux incidents qui s'étaient enchaînés, malgré l'absence, entre eux, de rapports apparents. Il n'avait pas demandé l'anesthésiste, car il ne prévoyait aucune complication, aucune difficulté.

Il retrouvait sa patiente installée, lui plaçait dans la main le tube d'oxygène.

— Vous vous rappelez comment vous en servir ?

Elle faisait oui de la tête, essayait l'appareil, souriait d'un sourire non exempt d'un certain trac. Quelques instants plus tard, il lui annonçait en se redressant :

— Le col est complètement effacé... Je crois que, dans une dizaine de minutes, nous nous y mettrons pour de bon...

— Si vite ?

Elle reprenait son halètement de chien qui a

couru, les mains agrippées aux deux poignées de métal.

— Je fais bien, professeur ?

— Très bien.

— Mon mari trouvait que je ne m'exerçais pas assez... Il aurait voulu me faire répéter tous les soirs... Il est en bas ?

Chabot ne l'avait pas vu. Ce fut Mme Doué qui répondit :

— Il est dans le salon avec une autre personne.

— Un homme ?

— Oui.

— Alors, c'est son frère... Ils sont jumeaux et ne se quittent pour ainsi dire pas... Un gros, n'est-ce pas ?

Un gémissement l'interrompait et le professeur, qui suivait le progrès du travail, donnait tout à coup le signal. Il avait accompli les mêmes gestes des milliers de fois dans sa vie et les quatre femmes qui allaient et venaient autour de lui, comme dans un ballet, savaient comment répondre à chacun de ses ordres.

— Vous êtes prête ?

Les dents serrées, elle répondait :

— Oui...

— Etreignez fortement les poignées. Servez-vous d'elles... Attention : *Respirez*...

Elle aspirait l'air de toutes ses forces.

— *Bloquez !* ordonnait-il.

Elle se retenait d'ouvrir la bouche, de crier.

— *Soufflez !*... Attention... Encore une fois... Détendez-vous un instant... Maintenant, *respirez !*...

Il semblait compter les secondes, comme dans une course.

— *Bloquez !*

Trois fois, quatre fois, cinq fois... L'enfant s'engageait...

Soudain, il arrivait à Chabot ce qui ne lui était jamais arrivé dans l'exercice de sa profession, ce qu'il craignait depuis longtemps sans croire que cela se produirait un jour : l'automatisme ne jouait plus.

Ce fut probablement aussi bref que sa panique sur le perron, quelques secondes à peine, mais, d'un seul coup, la sueur lui giclait de la peau, ruisselait sur son visage.

Il était conscient d'une rupture, d'un cafouillage. Il n'était plus dans l'action, dans le rythme, et Mme Roche le sentit si bien qu'elle souleva la tête pour lui lancer un regard d'incompréhension et de détresse.

— Que se passe-t-il ? Je n'ai pas bien fait ?

— Mais si ! Au contraire ! Tout va très bien. Un dernier effort... *Respirez !*...

Il mettait toute son énergie, toute sa volonté à la reprendre.

— *Bloquez !*

Il hésitait à nouveau, ne trouvait pas tout de suite le mot-signal qu'elle attendait et qu'il avait prononcé si souvent.

— *Poussez !* criait-il enfin, soulagé.

Cette fois, il s'était ressaisi, retrouvant la précision de ses gestes qui s'enchaînaient presque mathématiquement. Mme Doué avait vu son hésitation. Il se demandait si elle avait compris ce qui se passait.

La tête était engagée. Le reste était simple, mais il demeurait inquiet, pensant malgré lui à toutes les complications possibles, improbables, qui pouvaient survenir.

— Encore une fois... Prenez d'abord un peu

d'oxygène... Vous êtes prête ?... *Respirez... Bloquez... Poussez !...*

Il tenait la tête entre ses mains et attirait doucement les épaules, répétant, aussi tendu qu'elle :

— *Poussez...* Serrez les poignées... *Continuez... Continuez...*

Il était dédoublé. Une partie de lui-même suivait le travail, exécutait les gestes rituels tandis qu'ailleurs s'agitaient des pensées angoissantes. Persuadé qu'il avait oublié quelque chose, il récapitulait ses actes successifs, allant jusqu'à se demander s'il s'était réellement savonné les mains et les bras. Il ne parvenait pas à s'en souvenir. Il l'avait certainement fait. D'ailleurs, Mlle Blanche, qui était près de lui lorsqu'il se préparait, le lui aurait rappelé au besoin... En outre, il est assez rare qu'un gant se déchire...

Il venait, en quelques minutes, de perdre sa confiance en lui, sa confiance professionnelle. Les mains de la jeune femme étaient livides sur les poignées nickelées et, la mâchoire serrée, elle fixait intensément le médecin.

— *Ne poussez plus...*

Elle n'osait pas encore se détendre, l'interrogeant toujours des yeux, balbutiant :

— Vous l'avez ?... Il est vivant ?...

Il se redressait, tenant par les pieds un petit bonhomme tout mouillé qu'il présentait à la mère.

— C'est un garçon, professeur ?

— Un gros garçon, oui... Vous l'aviez annoncé, n'est-ce pas ?

Il coupait le cordon, confiait l'enfant à Mme Lachère, à qui la mère recommandait :

— Essayez de lui faire un joli nombril, voulez-vous ?... Celui de ma fille est si vilain !...

Il y eut une pause en attendant l'expulsion du placenta. Elle fut brève et, tout de suite après, on commença la toilette de l'accouchée. Chacun se détendait. Sur la bascule, le bébé poussait ses premiers cris.

— Combien pèse-t-il ?
— Trois kilos huit cent soixante grammes... Vous savez comment vous allez l'appeler ?...
— Henri, comme mon autre beau-frère qui vit aux Antilles.

Mme Roche regardait le médecin et un nuage passa dans ses yeux.

— Vous avez eu peur de quelque chose, n'est-ce pas ?... A certain moment, j'ai senti que ça n'allait pas comme vous vouliez... Maintenant, vous pouvez m'avouer la vérité... Qu'est-ce que vous avez craint ?...
— Rien, je vous l'affirme.
— Je me suis demandé si...

Elle se taisait.

— Qu'est-ce que vous vous êtes demandé ?
— Je ne sais pas... J'ose à peine en parler... Pendant quelques instants, j'ai eu l'impression que tous mes efforts étaient inutiles, qu'il n'était plus vivant... J'ai failli perdre courage... Montrez-le-moi encore, madame Lachère...

Elle pleurait, par réaction, et Chabot, qui lui tenait la main, ne savait que lui dire.

Dehors, il retrouvait un dernier reflet du soleil, un voile bleuâtre sur le bois de Boulogne, Viviane qui se glissait derrière le volant de la voiture.

— Vous paraissez mécontent. Tout s'est pourtant bien passé et Mme Roche avait raison d'annoncer que ce serait un garçon...

Il acquiesçait de la tête. Les mots n'avaient pas d'importance. Il y avait des années qu'il appréhendait ce qui venait de se produire. En fait, il y avait déjà pensé en pratiquant son premier accouchement, à l'hôpital Broca, où il était externe. « Et si j'oubliais brusquement tout ce que j'ai appris ? »

Cela arrive à d'autres, au cours d'examens, par exemple, surtout si on les a trop préparés. Le moment venu, on se trouve tout à coup devant le vide et, plus on s'obstine, plus on est pris de vertige.

Il avait entendu dire que l'accident arrive à des acteurs aussi, face à des centaines de personnes, parfois à des acteurs qui ont vingt ou trente ans de planches. Certains, alors, ne peuvent se retenir d'éclater en sanglots. D'autres, les poings serrés, fixent la salle avec haine.

S'il s'était ressaisi assez vite, il restait persuadé que, désormais, Mme Roche n'entrerait plus à la clinique avec son habituelle insouciance. Il l'avait fait douter d'elle, alors que c'était de lui qu'elle aurait dû douter.

Il s'était rendu coupable d'un véritable abus de confiance et il faillit ordonner à Viviane de faire demi-tour pour aller lui avouer la vérité.

Ce n'était pas possible non plus. Il soulagerait sa propre conscience, mais ferait plus de tort que de bien à sa patiente car, ou elle ne le croirait pas, ou c'est aux médecins qu'elle ne croirait plus par la suite.

Mme Doué, Mme Lachère, les infirmières présentes se souviendraient de l'incident qui ne leur avait pas échappé et, dans l'avenir, elles suivraient avec anxiété ses faits et gestes.

— Il est vraiment impossible que vous vous fassiez remplacer pendant quelques jours et que vous alliez vous reposer, à la montagne, par exemple ?

Il leur était arrivé de s'y rendre ensemble,

Viviane et lui. Sur la Côte d'Azur aussi. Depuis trois ans, les Chabot ne prenaient plus leurs vacances en famille et chacun partait de son côté.

Il n'avait nulle envie de se trouver à la montagne avec sa secrétaire, encore moins d'y être seul, dans un hôtel ou dans une pension, observé par quelques couples étrangers.

La quasi-certitude lui vint, à ce moment, que, s'il suivait la suggestion de Viviane, il ne reviendrait jamais. Il se voyait quittant l'hôtel, se dirigeant vers le bois, choisissant un endroit propice...

Il serait calme, peut-être souriant, d'un sourire qui ne lui déplaisait pas. La nouvelle paraîtrait d'abord dans une feuille locale. Des policiers viendraient questionner le personnel. Puis les quotidiens de Paris s'en occuperaient à leur tour :

« *Un médecin connu...* »

Qu'est-ce que sa femme ferait de la clinique ? Son frère, Philippe, qui y avait des intérêts, en prendrait vraisemblablement la direction administrative, ce qui l'enchanterait.

Audun n'avait ni une réputation ni une stature suffisantes pour faire un médecin-chef. On chercherait parmi ses collègues, dont il était en train de dresser la liste, biffant mentalement des noms, en rajoutant d'autres.

Il rentrait chez lui à cinq heures moins dix. Dans le cabinet de consultation, Viviane questionnait, pensant à Mrs Markham qui ne tarderait pas à arriver :

— Vous lui faites une hypodermique ?
— Oui.
— Cinq centimètres cubes ?

Il dut répondre oui, car elle prépara une

seringue, posa ensuite devant lui la fiche de la patiente et gagna la petite pièce, près de l'entrée, où elle travaillait.

Il écouta patiemment les explications de l'Anglaise, qui employait les mots les plus inattendus, posa des questions, prit des notes, puis, dans le cabinet voisin, la fit passer derrière un rideau pour qu'elle se mette à l'aise pendant que lui-même passait sa blouse blanche et arrangeait ses instruments.

Auscultation. Tension artérielle. Toucher vaginal. Mensurations. Pesée... La petite bouteille qu'elle apportait pleine, dans une boîte en carton, et la bouteille vide qu'elle oubliait presque toujours, obligeant Viviane à courir après elle dans le jardin. Septième mois... Un garçon de quinze ans, d'un premier mariage... Quand la visite tombait un jeudi, il attendait sa mère dans le salon...

Enfin, la petite Mme Saligan, fille d'un ancien ministre, femme d'un inspecteur des finances. Cinquième mois. La même routine à peu près, sauf que Mme Saligan n'arrêtait pas de parler et que, sur le seuil, elle trouvait de nouvelles explications à fournir, des questions à poser.

Maintenant, il n'y avait plus que Viviane à troubler la paix du bureau.

— Vous dictez du courrier ?
— Pas ce soir.

Elle ne demandait jamais :
« — Nous dînons ensemble ? »
Elle disait :
— Vous avez des projets ?

C'était non aussi.

Il la sentait déçue et peut-être, après tout, s'inquiétait-elle vraiment à son sujet.

— Vous ne comptez pas sortir ? Vous voulez que je rentre la voiture au garage ?

— Il vaut mieux pas.

Il était sept heures moins le quart. Son activité cessait rarement aussi tôt.

— N'oubliez pas votre médicament, dans trois quarts d'heure.

— Merci.

— Bonsoir, professeur.

— Bonsoir.

Elle était encore dans le jardin que le téléphone sonnait. Il reconnut la voix de sa femme.

— Je ne te dérange pas ? Tu n'es pas avec une cliente ?

— Je suis seul.

— Je m'excuse d'insister. Tu es sûr de ne pas pouvoir venir au dîner de Philippe ? Je suis chez eux. C'est Philippe qui veut que je te téléphone.

Il avait déjà répondu non quand elle lui en avait parlé quelques jours plus tôt.

— Ecoute, Jean. Je pense que, si tu n'es pas trop fatigué, tu ferais bien de passer un moment, ne fût-ce que pour le café. Entre nous, je crois que Philippe a ses raisons pour y tenir. Son beau-père a quelque chose d'assez important à te demander.

— Dis à Philippe que j'essaierai d'y aller.

— Tu dînes à la maison ?

— Je ne sais pas encore.

— Les enfants sont là ?

— Je n'ai vu personne.

— A tout à l'heure. Repose-toi.

Tout le monde s'acharnait à lui recommander le repos. Où en seraient-ils, s'il n'avait pas travaillé comme il le faisait depuis vingt ans, depuis toujours, en réalité, puisque son enfance puis son adolescence s'étaient passées à courir après des bourses ?

Et qu'adviendrait-il d'eux s'il s'arrêtait à présent ? Tout s'écroulerait du jour au lendemain, l'avenue Henri-Martin comme la clinique, et les bonnes petites existences qui s'étaient organisées autour de lui.

Christine, comme Viviane, manquait de psychologie. Aucune des deux femmes ne comprenait qu'en dehors de son activité professionnelle il avait cessé d'exister. Christine l'accusait probablement de l'avoir négligée, de ne pas s'être occupé de sa vie personnelle, de ses légitimes aspirations de femme. Quant à Viviane, ce soir, par exemple, elle n'était pas loin de penser la même chose en ce qui la concernait.

L'idée ne les effleurait pas que c'étaient elles qui lui avaient manqué. Personne, jamais, ne s'était soucié de lui donner... Lui donner quoi ? Il cherchait le mot, découvrait qu'aucun complément n'était nécessaire. Lui donner tout court. Lui apporter quelque chose.

Pour elles, pour tout le monde, il était le fort, le mâle, le professeur, le confesseur, le dispensateur de bien-être physique et moral, celui dont c'était la fonction de donner confiance.

Chacun venait lui raconter ses misères et c'était à lui de fournir les consolations. Il avait réussi. Il avait décroché des titres, une réputation, des honneurs et, par-dessus le marché, il gagnait beaucoup d'argent.

De quoi se serait-il plaint ? Qu'est-ce qui pouvait lui manquer ?

Philippe, son beau-frère, qui insistait pour le voir chez lui ce soir, n'était qu'un gamin quand Chabot avait rencontré Christine. La famille vivait en banlieue, à Villeneuve-Saint-Georges, où le père était directeur d'une petite succursale de banque.

Quelle différence d'âge y avait-il entre Philippe et lui ? Huit ans ? A peine. Plutôt sept. Mais, lorsque Chabot avait vingt-trois ans, cela semblait énorme, cela les mettait sur des plans différents, alors qu'à présent ils s'étaient presque rejoints.

Christine suivait des cours à la Faculté des Sciences avec l'idée de devenir laborantine. Elle s'appelait Vanacker et sa famille était originaire du Nord.

D'abord, ils avaient été des camarades qui se rencontraient dans les restaurants à prix fixe du Quartier Latin. Chabot, qui avait peu d'amis, rentrait chaque soir chez sa mère, à Versailles, tandis que Christine, de son côté, regagnait Villeneuve.

Comment l'idée de l'épouser lui était-elle venue ? Il aurait été en peine de le dire. Cela s'était fait insensiblement. Il l'aidait dans ses études, pour lesquelles elle était peu douée, et elle le regardait avec admiration à cause de sa facilité. Elle était d'un caractère docile. Il lui disait :

— Attends-moi ici.

A une table de café, dans une bibliothèque, à un coin de rue. Il était sûr, une heure plus tard, de la retrouver à la même place.

Leurs relations sexuelles avaient commencé presque par hasard et ils s'y étaient habitués tous les deux. Quand ils s'étaient mariés, trois ans plus tard, Christine était enceinte et ils avaient vécu dans une seule chambre, rue Monsieur-le-Prince, où, le soir, pour vivre, ils faisaient des travaux de copie.

C'était très loin, très estompé. Il pensait le moins possible à cette période-là car, au lieu d'en conserver un souvenir clair et joyeux, il ressentait un malaise à évoquer ces années.

Les autres mentent-ils, ou se mentent-ils à eux-mêmes, quand ils parlent avec nostalgie de leurs débuts difficiles ? Etait-ce lui qui était différent ?

Devenu jeune homme, Philippe Vanacker, le frère de Christine, n'avait donné que des inquiétudes aux siens, vivant davantage la nuit que le jour et se livrant à des trafics assez mystérieux.

A vingt ans, son père l'avait mis à la porte, persuadé qu'il finirait en prison, ce qui n'avait pas empêché Philippe, on ne savait trop comment, de décrocher un peu plus tard une place de speaker à la radio.

De là, il devait passer à la télévision, après avoir épousé Maud Lambert, la fille unique du Lambert marchand de vins dont on voyait le nom sur des centaines de wagons-citernes.

Comment s'y était-il pris, non pour décider Maud, qui n'était qu'une gamine capricieuse, mais pour décider le père Lambert ? On prétendait que, connaissant par la radio le petit monde du théâtre et du cinéma, Philippe y avait introduit son futur beau-père qui y avait trouvé une ample moisson de jolies filles.

Philippe et Maud occupaient, boulevard de Courcelles, face aux grilles dorées du parc Monceau, un de ces lourds hôtels particuliers de style 1900 d'où on s'attend à voir sortir des équipages.

Philippe conservait une émission par mois à la télévision, qui suffisait à lui donner le sentiment de son importance.

Quant à Maud, à trente-cinq ans, elle restait aussi trépidante, aussi écervelée qu'à dix-sept, au point que Chabot avait été troublé, deux ou trois ans plus tôt, de voir sa femme sortir presque chaque jour avec elle. Le boulevard de Courcelles semblait être devenu son dernier refuge et elle avait adopté, du jour au lendemain, le coiffeur, le couturier, les goûts, parfois les allures de sa belle-sœur.

Il ne comprenait pas. Il ne comprenait pas non plus son beau-frère qui, un sourire satisfait aux lèvres, jonglait avec la vie. Rien de mal ne lui arrivait. Rien ne l'inquiétait, ne jetait le trouble dans son esprit ou dans sa conscience. N'était-ce pas presque monstrueux ?

Néanmoins, lors de l'achat de la clinique, quand la banque avait exigé des garanties, il ne s'était pas indigné à la suggestion de sa femme.

— Pourquoi ne t'adresserais-tu pas à Philippe ? Je suis sûre que, par son beau-père, il pourrait tout arranger.

A cause de cela, lui aussi, pendant un certain temps, avait fréquenté le boulevard de Courcelles, où l'on rencontrait toutes sortes de gens, surtout des hommes importants et mûrs en compagnie de très jolies filles.

Il avait connu la première Mme Lambert, la mère de Maud, deux ans avant son divorce et son installation sur la Côte d'Azur, à Mougins, où elle vivait toujours.

Il y avait eu ensuite de fausses Mme Lambert, qui ne duraient que quelques mois, puis une vraie, de vingt-deux ans, qui avait eu un enfant à la clinique et dont Lambert avait divorcé peu après.

Il venait de se marier une troisième fois. Il avait soixante-cinq ans, un souffle au cœur. Il détenait un tiers des actions de la clinique et Philippe en possédait dix pour cent.

Chabot n'avait pas le droit de leur dire non. Il irait prendre le café avec eux. On le regarderait, comme d'habitude, avec un certain respect, à cause de ses titres, mais avec condescendance aussi, car, pour Philippe, comme pour Lambert, n'étaient-ce pas eux qui l'avaient fait ce qu'il était ?

Quelle serait leur réaction s'il leur déclarait ce soir :

— Aujourd'hui, j'ai failli rater un accouchement. Cela n'a tenu qu'à un fil et je me demande si je suis encore capable d'opérer...

Tout était immobile autour de lui et le silence, dans le vaste bureau, formait bloc autour des objets sans vie. On aurait pu croire que le temps n'existait plus, que le monde, en dehors de la pièce, du cercle de lumière terne, avait été englouti par un cataclysme.

Il n'y avait que lui, dans son fauteuil, avec, sous le crâne, une petite machine qui s'obstinait à fonctionner, à débiter des pensées malsaines, des images déprimantes.

Il fallut les sept coups comme hésitants à l'horloge du salon d'attente pour le tirer de sa torpeur, et son premier signe de vie, comme il s'y attendait, fut de se verser à boire.

Il aurait dû prendre des notes, comme il en avait eu plusieurs fois l'idée, comme il le faisait pour ses patientes. Il n'avait pas voulu y prêter attention. On lui répétait si souvent qu'il était fatigué qu'il avait fini par le croire et que, les premiers temps, il se contentait de quelques jours de vacances.

Maintenant, il ne se souvenait plus que confusément des premiers symptômes, les plus importants.

Il avait pris des médicaments. Il les avait tous essayés. Il avait même essayé de se changer les idées par des excès sexuels et, tout un temps, il avait couru les filles, profité des infirmières complaisantes, deux ou trois fois de clientes qui s'offraient, ce qui avait compliqué son existence.

Cela avait duré jusqu'à Viviane et, par crises,

cela le reprenait. Pourtant, un Lambert le dégoûtait !

Il n'avait pas faim. Il avait envie de repos, mais pas de se coucher, et il gagna, à travers l'appartement qui semblait désert, le petit salon où il lui arrivait souvent de somnoler dans son fauteuil préféré.

Il n'alluma qu'une petite lampe, à droite de la porte. Les volets n'étaient pas fermés et l'on voyait, dehors, les lumières des autos qui passaient et celles, immobiles, des appartements d'en face.

Il avait bu deux verres de cognac coup sur coup et avait oublié de croquer ses tablettes. Il devait sentir l'alcool. Les autres buvaient et n'en avaient pas honte. Il arrivait à ses filles de rentrer ivres à la maison et une nuit, vers trois heures, il avait trouvé deux inconnus sur le palier.

— C'est bien ici chez les Chabot ?

Vacillant eux-mêmes, ils portaient, comme un colis, une Eliane inerte.

— On a pensé qu'il valait mieux vous la ramener, surtout qu'il paraît que vous êtes médecin. Nous, vous savez, on n'y est pour rien. Elle était comme ça quand les autres se sont défilés...

Il avait mal à la tête, s'efforçait d'arrêter cette mécanique qui le grignotait. Il dut y réussir car, quand des voix lui parvinrent, il était huit heures et quart. Elles venaient de la salle à manger. Il se leva, hésitant, traversa le grand salon où chaque pas faisait tinter le cristal du lustre.

A table, il n'y avait que David et Lise, lui sans veston, elle le menton dans la main et, de leur attitude, se dégageait un sentiment de paix confiante qui le surprit. C'était la première fois qu'il les sentait ainsi frère et sœur, qu'il devinait, entre eux, des liens qu'il n'avait jamais soupçonnés.

Il aurait voulu se retirer sans rompre leur intimité, mais déjà ils s'étaient tus et, gênés, le regardaient avec surprise.

— Tu étais là ?
— Je me reposais.
— Tu manges avec nous ?

Il hésita. Jeanine se préparait à mettre un couvert de plus.

— Maman dîne boulevard de Courcelles.
— Je sais.
— Je croyais que tu y allais aussi.
— Plus tard, pour le café.
— Tu auras besoin de l'auto ?

Lise était déçue. David, lui, n'avait pas encore l'âge de conduire.

— Bonsoir, Dad.
— Bonsoir...

Il n'avait pas le courage de se changer et il retourna dans son bureau où il but un autre verre en se regardant dans la glace. Il lui venait une subite envie de pleurer, ici, tout seul, en fixant son image.

Déjà, l'après-midi, à la clinique, tandis qu'il se rhabillait après l'accouchement, deux larmes avaient glissé sur ses joues. Ce n'était pas la première fois. Il lui était même arrivé de pleurer tout à fait, avec des sanglots, comme les enfants.

Il n'était pas vieux. Il n'était pas un homme fini. Lambert, à soixante-cinq ans, le cœur malade, croyait encore à la vie et venait de se remarier.

Chabot était-il en train de se jouer la comédie ? Son visage le fascinait. Sans cesser de se regarder, il levait son verre, le vidait d'un trait, un rictus aux lèvres.

Alors, pour voir, pour se rendre compte, il tirait lentement l'automatique de sa poche, en portait plus lentement encore le canon à sa tempe, appuyait comme, de la langue, on appuie sur une dent malade.

Il évitait de toucher à la détente. Il n'avait pas l'intention de tirer. Il avait seulement voulu savoir et, maintenant qu'il avait fait le geste, il croyait savoir. Il valait mieux ne pas continuer trop longtemps, ne pas s'attarder dans le bureau qu'il venait d'imaginer « après », avec son corps sur le plancher.

Il remit l'arme dans sa poche, la bouteille dans l'armoire, alla chercher, au vestiaire, son manteau et son chapeau. Boulevard de Courcelles, on ne dînait guère avant neuf heures. Il n'avait donc pas besoin, pour le café, d'y arriver avant dix heures.

Il disposait de beaucoup de temps. L'idée ne lui venait pas de manger. Il s'installa dans l'auto, fit ronfler un instant le puissant moteur, alluma les codes, leva le pied de la pédale d'embrayage.

Il n'avait pas l'intention de se tuer en voiture non plus. Il n'irait pas chez Viviane, qui était peut-être sortie. Il n'avait rien à faire à la clinique. Il n'était pas en état de se montrer à Port-Royal.

Autour de lui, il y avait plus de quatre millions d'êtres humains, des cafés, des restaurants, des bars, de la musique, des cinémas, des théâtres ; il y avait des confrères, d'anciens camarades de la Faculté qui se penchaient sur les mêmes problèmes que lui et parmi lesquels quelques-uns, ou un seul, connaissaient les mêmes angoisses. Il y avait des femmes prêtes à lui donner du plaisir et, quelque part, un homme qui avait quitté son village avec l'idée fixe de le tuer.

Il y avait le monde entier et, au volant d'une auto rapide qu'il conduisait presque peureusement, un professeur de quarante-neuf ans qui avait deux heures à passer et qui ne savait où aller.

Il s'était engagé, au hasard, dans les allées du bois de Boulogne et ce n'est qu'en reconnaissant devant lui le pont de Saint-Cloud qu'il décida de se rendre à Versailles.

Il n'avait pas vu sa mère depuis trois mois.

5

*La visite à Versailles et le joueur de cartes
au visage violet*

La rue, en trente ans, avait à peine changé et les maisons grises continuaient à vieillir doucement les unes contre les autres. Il aperçut, pourtant, de loin, une pompe à essence, et peut-être y avait-il aussi un garage. Quant à l'épicerie obscure, basse de plafond, où il allait acheter des bonbons, elle avait éclaté pour faire place à un étalage de réfrigérateurs et d'appareils électriques.

Sur la porte de sa maison, autrefois, une plaque d'émail blanc portait les mots « Aristide Tilkin, traducteur juré » et, peut-être à cause du mot juré, sur lequel il se méprenait, peut-être à cause des moustaches en pointes du locataire, il en avait eu longtemps peur. Une autre plaque était maintenant fixée près de la sonnette, plus petite, en cuivre : « Mlle Moulon, professeur de solfège ».

Mlle Moulon avait remplacé M. Tilkin au premier étage et les propriétaires, ou leurs enfants, continuaient à vivre au rez-de-chaussée. Chez lui, chez ses parents, c'était au second et, ce soir, les fenêtres étaient éclairées, comme jadis, d'une lumière insuffisante et triste qui le rendait mélancolique chaque fois qu'il rentrait à la maison après la tombée du jour.

Il faillit tirer la poignée de la sonnette, oubliant que ce n'était plus qu'un ornement, qu'on avait installé, en dessous, des boutons électriques avec les noms des locataires. Il hésitait à obliger sa mère à descendre l'escalier pour une visite qui n'avait pas de sens. Il n'apportait rien. Il ne venait rien chercher non plus, car c'était sans doute ici l'endroit où il avait le moins de chance de trouver un réconfort. Par pudeur, il avait laissé sa voiture au coin de la rue.

Il finissait pourtant par pousser le bouton et, d'un geste qui lui revenait du passé, levait la tête. Sa mère, avant de descendre, ouvrirait la fenêtre, sans bruit, méfiante, se pencherait, essayerait malgré l'obscurité de reconnaître le visiteur.

— Qui est-ce ? finissait-elle par prononcer.
— C'est moi, maman.
— Je viens tout de suite.
Et lui, à cause d'un autre souvenir :
— Jette-moi la clé.

Elle allait chercher un linge pour envelopper la clé qui tombait bientôt à ses pieds. Il montait l'escalier, voyait un trait de lumière sous la porte du premier étage. Celle du second s'ouvrait. Sa mère se penchait sur la rampe.

— Il n'est rien arrivé ? Tu ne m'apportes pas une mauvaise nouvelle ?
— Non. Pourquoi ?

Debout près d'elle sur le palier, il devait se pencher pour lui embrasser les joues car, très petite, elle rapetissait encore d'année en année. Elle continuait à se montrer plus inquiète ou plus méfiante qu'heureuse de cette visite.

— Entre. Débarrasse-toi. Il fait très chaud. Plus

je vieillis et plus je suis frileuse. Comment se fait-il que tu sois venu ?

Il mentit, par charité, peut-être pour simplifier.

— Je passais par Versailles.
— Tu es seul ?
— Oui.
— Ce n'est pas ta secrétaire qui conduit ?

Une fois, sa mère avait aperçu par la fenêtre Viviane qui attendait dans la voiture.

— Qui est-ce ? avait-elle questionné.
— Ma secrétaire.
— Tu emmènes ta secrétaire partout avec toi et elle reste dans l'auto ? Même quand tu vas chez tes clientes ?
— En principe, je ne fais pas de visites à domicile.

Il avait essayé de lui expliquer que, lorsqu'il était fatigué, il avait une certaine répugnance à conduire et, comme il s'y attendait, elle ne l'avait pas cru.

— Tu sais, moi, ça m'est égal. Ce sont tes affaires, n'est-ce pas ? Du moment que ta femme s'en arrange.

Etait-ce le décor qu'il était venu revoir ? Il avait encore moins changé que la rue. Tout était resté comme à la mort de son père, le fauteuil Voltaire près de la fenêtre, le râtelier de pipes avec la pipe d'écume à long tuyau de merisier, les deux pipes courbes, celle en terre qui représentait un zouave et qu'on n'avait jamais fumée...

Le poêle à charbon ronronnait et, sous la suspension, un petit poste de radio jouait en sourdine près d'une lettre commencée, d'une bouteille d'encre violette, d'une paire de lunettes à monture d'acier qui avaient appartenu à son père et que sa mère avait fait mettre à sa vue quand, à son tour, elle avait eu besoin de verres.

— Tu as dîné ?

Il mentit encore.

— Tu sais, poursuivit-elle, moi, je continue à manger de bonne heure et, quand la plupart des gens se mettent à table, de plus en plus tard, je me demande pourquoi, j'ai déjà fini ma vaisselle.

Il était sûr que, dans la cuisine, dont la porte était ouverte mais qui n'était pas éclairée, par économie, rien ne traînait.

— Ton père, quand il sortait encore, prétendait que je le faisais manger tôt exprès, pour qu'il ne puisse pas s'attarder au café avec ses amis. Comment vont tes enfants ?

— Bien, merci.

— Et ta femme ?

— Elle va bien aussi.

— Je te sers un petit verre ?

Elle lui en aurait voulu de refuser et elle alla prendre dans le buffet le carafon d'eau-de-vie blanche qu'il avait toujours connu.

A l'époque où elle faisait encore des confitures, c'était dans cette eau-de-vie qu'on trempait les disques de papier transparent, très fin, qu'il appelait de la peau d'ange, dont on couvrait les pots avant d'en ficeler le goulot avec du parchemin. C'était presque toujours son travail et il se souvenait de l'odeur caractéristique de l'alcool, qu'on offrait aussi les rares fois que son père ramenait un ami à la maison ou qu'un ouvrier venait faire des réparations.

Les verres, assortis au carafon, étaient minuscules, si fragiles que c'était miracle de les voir intacts après tant d'années.

— Tu n'as pas bonne mine, fils.

Elle aussi, bien entendu ! Il s'y attendait.

— Cela va toujours comme tu veux ?

Elle le détaillait d'un œil presque clinique, avec l'air de chercher à découvrir ce qu'il lui cachait.

Il avait dû être un enfant comme un autre, elle une mère comme une autre aussi. Cependant, dans cette maison comme plus tard rue Monsieur-le-Prince, il avait été malheureux, mal à l'aise. Il ne s'y était jamais senti chez lui. Certes, il avait pitié de ce père qui ne quittait plus son fauteuil. Sa mère lui disait :

— Ton père est malade.

Quand il voulait en savoir davantage, elle ajoutait mystérieusement :

— C'est dans la tête. Tu ne peux pas comprendre. Même les médecins ne savent pas.

Or, aucun médecin n'était venu le voir, sinon tout à la fin. En avait-elle consulté sans le dire ? Parce que son père était malade, il ne devait pas faire de bruit, il devait se taire, éviter de le contrarier, être le premier en classe, manger tout ce qu'on lui servait, y compris la tête de veau qu'il avait en horreur mais que son père réclamait au moins deux fois par semaine.

Sa mère, qui consacrait sa vie à un infirme, en devenait une sainte et les commerçants du quartier le lui répétaient en hochant la tête d'admiration et de pitié.

— Où a-t-il mal, maman ?
— Partout et nulle part.
— Il est vraiment incapable de marcher ?
— Il le pourrait si sa tête guérissait.

Cette étrange maladie l'avait troublé. Un de ses camarades de classe avait son père dans un sanatorium ; un autre avait perdu le sien dans un accident de tramway. Il était le seul à avoir un père immobilisé dans un fauteuil, sans infirmité apparente.

Il y avait beaucoup réfléchi, plus tard, et peut-être était-ce à cause de ce mystère qu'il avait choisi la médecine plutôt que le droit, lui qui, en ce temps-là, se sentait mal à la vue du sang.

Son père était mort quand il était entré à la Faculté. S'il s'était d'abord destiné à la psychiatrie, n'était-ce pas pour essayer d'expliquer l'énigme de ses dernières années ?

Il aurait persévéré dans cette voie s'il n'avait appris qu'un poste d'interne allait être vacant au service d'obstétrique de l'hôpital Broca. Il venait de se marier. Le ménage tirait le diable par la queue. Il avait préparé le concours en un temps record.

— Ta clinique marche toujours ?

Depuis qu'il l'avait acquise, d'un médecin qu'une angine de poitrine avait terrassé alors qu'on procédait aux derniers aménagements, sa mère feignait de croire que c'était là sa seule activité. Il l'observait, lui aussi, avait souvent essayé d'analyser leurs relations.

Lorsqu'il était très jeune, elle avait dû l'aimer normalement et, si elle ne l'avait guère montré, elle avait l'excuse que son mari avait besoin d'elle aussi et que, immobile dans son fauteuil, il finissait par prendre toute la place dans leur logement.

N'était-ce pas ce qu'Auguste Chabot avait voulu ? Le monde l'avait persécuté. Certains de ses amis l'avaient trahi. Pour les punir, pour leur manifester son mépris, il se retranchait entre quatre murs et devenait un martyr.

Au lieu de s'en irriter, de se révolter, sa femme acceptait cette situation comme une aubaine. Elle avait ainsi un être tout à elle, un être qui ne pouvait plus rien par lui-même, qui était sous son entière dépendance. Son dévouement devenait indispensable et, pour tout le quartier, comme à ses propres yeux, elle portait l'auréole d'une sainte laïque.

Ils étaient pauvres et la pauvreté se transformait en vertu. Si son mari s'était battu pour les malheureux, les opprimés, comme on disait alors, elle vouait, elle, une haine grandissante à tous les riches sans exception.

— *On ne peut pas devenir riche et garder sa conscience pour soi.*

Cette phrase, il l'avait entendue cent fois et, malgré cela, trahissant la religion de sa mère, il était devenu riche à son tour. Car, pour elle, tous ceux qui habitaient certains quartiers, qui menaient tel train de vie, qui avaient des domestiques et qui s'habillaient d'une façon déterminée, étaient des riches.

Elle avait rêvé qu'une fois médecin son fils s'installerait à Versailles, comme le docteur Benoît, qui habitait leur rue autrefois et qu'on voyait passer avec sa petite trousse brune.

Quand Christine et lui vivaient encore dans une seule chambre, rue Monsieur-le-Prince, elle venait les voir une fois la semaine, apportait toujours un petit paquet qu'elle posait discrètement sur un meuble, du café, du sucre, du chocolat, quelques tranches de jambon.

Square du Croisic, on la voyait encore assez souvent et c'était pour les enfants qu'elle apportait des douceurs. La pension qu'elle recevait du gouvernement était modeste. Dès qu'il l'avait pu, Chabot lui avait versé une mensualité dont elle avait fini par accepter le principe.

— Tu sais, je n'ai pas de besoins, tandis que, toi, tu as des enfants, une clientèle à te faire...

Elle admettait, à la rigueur, son ambition de devenir professeur. Elle ne lui pardonna pas la clinique des Tilleuls, ni l'avenue Henri-Martin, où elle ne mit les pieds qu'une fois, desserrant à peine les dents, regardant avec mépris les rideaux de soie, les tapis, les meubles et les tableaux.

— Eh bien ! mes enfants, je vous souhaite d'être heureux quand même !

Christine, de temps en temps, quand les filles étaient jeunes, les conduisait à Versailles. Pour David, on y était allé moins souvent parce que la vie devenait plus compliquée.

— Ce serait tellement plus gentil, maman, que ce soit vous qui veniez nous voir, disait Christine.

— Je n'ai pas envie de vous faire honte, ma fille. Si vos amis me voyaient, ils me prendraient pour une des domestiques. Je connais ma place et je la préfère à la vôtre.

Jean Chabot savait qu'elle ne quitterait jamais le vieil appartement qu'elle entretenait comme un musée. Il l'avait suppliée de lui permettre d'y faire quelques aménagements, d'y installer une salle de bains, une cuisinière électrique, plus tard la télévision.

— J'ai vécu jusqu'à présent sans toutes ces mécaniques et je m'en passerai bien jusqu'à ma mort.

Il avait insisté, sans plus de succès, pour qu'elle engage une bonne. Il n'était même pas arrivé à lui faire accepter le téléphone.

— A quoi cela me servirait-il ? Je n'ai personne à appeler et personne ne m'appellerait.

— Si tu étais prise d'une faiblesse...

— Il me suffirait de frapper le plancher avec la canne de ton père. La demoiselle d'en dessous comprendrait ce que cela veut dire.

La radio qu'elle venait de fermer, sur la table, n'était pas un cadeau de lui. Elle ne l'aurait pas prise. Elle s'était découvert, du côté de sa mère, une famille qu'il n'avait pas connue et dont il avait à peine entendu parler de loin en loin, des Nicoud, des Papet, des Varnier. Certains vivaient à Versailles et à Paris et des jeunes s'étaient installés en Afrique du Nord.

C'étaient tous des gagne-petit et sa mère s'attachait surtout à ceux que le sort accablait le plus. Elle connaissait leurs drames intimes, le chômage de l'un, le cancer d'une petite cousine, l'accouchement prématuré d'une autre, l'infirmité d'un enfant.

Elle rendait visite à ceux qui n'habitaient pas trop loin et c'est à eux qu'elle portait à présent des petits paquets, envoyant aux autres de longues lettres comme celle qu'il voyait sur la table.

— Encore un verre... Mais si !... Ton père en buvait toujours deux...

— Papa buvait ?

Du coup, elle se raidissait.

— Tu ne veux pas dire que ton père était un ivrogne ? Pas une fois dans notre vie, tu entends, pas une seule fois, il n'est rentré ivre dans cet appartement. Je ne l'aurais d'ailleurs pas permis. Il prenait un verre au café avec ses amis et, s'il y allait, c'était moins pour jouer aux cartes que pour discuter politique. C'était un apôtre. Il sacrifiait tout à ses idées.

Un coup d'œil aigu lui faisait comprendre la différence qu'elle établissait entre son père et lui.

— Un peu de vin à table, comme tout le monde, et, le soir, après dîner, deux petits verres en lisant le journal...

Il n'osait pas demander d'aller voir sa chambre, qui donnait sur la cour. Il savait qu'on n'y avait rien changé non plus, ni le papier à fleurs roses et bleues, ni l'étagère où ses prix et ses livres de classe étaient toujours rangés.

Qu'était-il venu chercher ce soir ? Tout à l'heure,

au volant de sa voiture, il n'en savait rien, ne se posait pas la question. Et, maintenant qu'il croyait découvrir la réponse, sa gorge se serrait.

Cette visite n'était-elle pas un adieu ?

— Tu sais, maman...

La vieille femme le fixait, impassible. Il luttait contre son émotion. Il aurait bien voulu lui laisser une sorte de message.

— Qu'est-ce que tu voulais me dire ?

Elle semblait s'humaniser. N'espérait-elle pas qu'il allait lui avouer enfin que, malgré les apparences et malgré l'argent, il était malheureux ? Alors, elle aurait pu le consoler.

Il était incapable de tricher à ce point, même pour un peu de pitié. D'ailleurs, ce n'était pas de pitié qu'il avait besoin. Son message était d'une autre sorte et s'était déjà volatilisé. L'aurait-il voulu, il était déjà incapable de l'exprimer.

Cela lui était venu en regardant le fauteuil, le râtelier de pipes, les livres aux reliures fatiguées, en pensant à sa chambre, en voyant sur la table les lunettes qui avaient servi tour à tour aux deux époux.

Un instant, dans son esprit, cela avait pris un sens, avait formé un tout, un bloc solide. Il croyait revoir son père rentrer pour la dernière fois, alors qu'en réalité il était en classe quand la scène avait eu lieu.

Il avait ramassé des lambeaux de vérité, du passé et du présent, et par magie, comme pour certains diagnostics, tout cela avait tenu ensemble. Il avait été si près de comprendre qu'il s'obstinait à retrouver le fil conducteur sans se rendre compte de l'expression douloureuse de son visage.

— Qu'est-ce que tu as, Jean ? Tu es malade ?

— Non.

— Tu es sûr que ce n'est pas le cœur ? On voit tant de médecins s'en aller de cette façon-là !
— Mais non, maman.
Elle aussi était dépitée de rater une confidence.
— Tu te sens vraiment bien ?
— Je te l'affirme.
— Tu n'as pas d'ennuis du côté de ta famille ? Du côté de tes affaires non plus ?

Il parvenait à lui sourire. Qu'auraient été, aux yeux de sa mère, ses difficultés, en comparaison des malheurs qui fondaient sur ses petits cousins et cousines, le chômage, le cancer, les enfants anormaux ?...

— Christine n'est pas venue te voir ces derniers temps ?
— Pas depuis le Nouvel An. David m'a envoyé une carte postale pour ma fête.

Cela le surprenait de la part de son fils, qui semblait ignorer jusqu'à l'existence de sa grand-mère.

— Il est temps que je parte...

Il tirait son portefeuille de sa poche.

— Mais non, fils... J'ai plus qu'il ne m'en faut avec ce que tu m'envoies chaque mois...

Ce n'était pas lui qui lui adressait le mandat mensuel, mais Viviane, en même temps que les chèques aux fournisseurs. Sa mère le savait, à cause de l'écriture.

Il n'en posait pas moins quelques billets sur la table.

— Tu connais sûrement des petits cousins qui ont besoin de quelque chose...

Peut-être avait-il eu tort ? Il le faisait chaque fois et, jusqu'à présent, elle n'en avait pas été blessée ; elle en avait paru plutôt contente, en dépit de ses protestations. Il lui semblait qu'elle avait un peu pâli. Ce n'était pas nécessairement à cause de l'argent. Il était très las. Il ne s'était jamais senti aussi fatigué et cela devait se voir, puisque aujourd'hui tout le monde, y compris sa mère, s'était inquiété de sa santé.

— Je crois te l'avoir déjà dit, murmurait-elle, mais il arrive aux gens de mon âge de répéter souvent la même chose, et je ne voudrais pas que tu oublies, que tu laisses partir ces papiers-là en vente publique. Je parle des papiers de ton père. Ils sont dans le premier tiroir de la commode. Il y a aussi son livret militaire et sa photographie en sous-officier de dragons. Tu t'en souviens ? Tu voulais toujours que je te la montre et, une année, tu as demandé pour Noël une trompette de cavalerie...

— Bonne nuit, maman.

— Bonne nuit, fils.

Il n'osait pas la serrer aux épaules, car il ne l'avait jamais fait, se contentait d'un baiser sur chaque joue avant de s'engager dans l'escalier.

Penchée sur la rampe, elle ne manquait pas de lui recommander, comme quarante ans plus tôt, quand il se rendait à l'école :

— Referme la porte sans bruit.

Il murmurait, la tête levée :

— Oui...

Il n'aurait pas dû venir. Cela l'angoissait tout à coup, pas tant la visite elle-même, que d'avoir eu l'idée de cette visite. Il essayait de retrouver le cheminement de sa pensée quand, quittant l'avenue Henri-Martin, il roulait dans le bois de Boulogne. Ne s'était-il pas mis inconsciemment à chercher une piste ?

Avait-il trouvé quelque chose, ne fût-ce qu'un point de repère ? Il l'avait cru, un moment, et peut-être cet éclair se reproduirait-il. L'eau-de-vie de sa mère lui laissait un mauvais goût dans la bouche. Il avait envie d'un verre de cognac. Faute de se l'avouer, il s'inventait une excuse plausible, se rappelait un café, dans une rue parallèle dont il avait oublié le nom, où son père retrouvait ses amis.

Il l'avait revu de loin, tout à l'heure, à peine plus éclairé qu'autrefois, et, puisqu'il accomplissait une sorte de pèlerinage, pourquoi ne pas aller jusqu'au bout ?

Il s'y rendit à pied, bien que personne dans le quartier ne l'eût reconnu après si longtemps. Une bouffée de chaleur l'envahit quand il poussa la porte, une odeur de cigares et de bière qu'il avait oubliée.

Il regretta tout de suite d'être entré, car l'atmosphère était presque aussi stagnante, aussi déprimante que dans son bureau en fin d'après-midi.

Le café n'avait pas changé, conservant ses tables de marbre, ses banquettes d'un rouge sale, la ceinture de miroirs sur les murs, la boule de métal pour les torchons.

Dans l'angle, près du comptoir, quatre hommes jouaient aux cartes et le garçon, debout, une serviette à la main, suivait la partie tandis qu'une femme encore jeune, à la poitrine forte, la patronne ou la caissière, lisait un journal près de la pompe à bière. Dans une arrière-salle, deux clients tournaient lentement autour du billard et on entendait les billes s'entrechoquer.

Il était trop tard pour reculer, pour aller boire ailleurs. Assis près de la porte, il commanda une fine.

— Dégustation ?

Il dit oui et, en attendant son verre, il regardait les visages un à un. Le joueur de cartes qui lui faisait face était obèse, avec un double menton aussi épais qu'un goitre sous son visage violet. Il jetait parfois un coup d'œil sévère à Chabot.

Que dirait-il s'il était appelé à témoigner ? Et les autres, qui observaient l'intrus tour à tour ?

Leur calme, leur assurance, le sérieux avec lequel ils étudiaient leurs cartes pour les abattre d'un geste définitif, lui faisaient peur. De sa place, rien qu'à les voir, il aurait pu, pour chacun, établir un diagnostic accablant.

Or, c'était à eux qu'on poserait des questions. C'étaient eux qu'on appelait des hommes normaux.

Le plus effrayant témoignage, même s'il restait muet, ne serait-il pas celui de sa mère ? Elle n'aurait qu'à se montrer, amenuisée par les ans, éplorée, héroïque !

« — Madame, votre fils... »

Un regard suffirait, une attitude. Elle y ajouterait peut-être, la tête de côté, comme quand elle l'épiait un quart d'heure plus tôt :

« — Je sais... Je m'y attendais depuis toujours... »

Il fallait qu'il s'arrête. Il appelait le garçon.

— La même chose...

Il s'était engagé sur un chemin qui lui faisait peur. Demain matin, il devait passer d'abord à Port-Royal, pour savoir où en était la fille au visage lunaire. En principe, la cortisone intramusculaire, dans un cas comme le sien, était sans danger. Il n'était besoin que d'une certaine surveillance. Il pouvait compter sur Nicole Giraud, son assistante.

Elle l'avait peut-être appelé chez lui ? Ou quelqu'un de la clinique ? Un imprévu est toujours possible. Il n'avait pas dit où il allait. D'habitude, Viviane s'en chargeait. Jamais il ne se trouvait hors d'atteinte.

— Vous avez le téléphone ?

— Au fond du billard à gauche, à côté des toilettes. C'est pour Paris ? Vous voulez un jeton ?

Il appela d'abord l'avenue Henri-Martin et ce fut la cuisinière qui répondit.

— Ah ! c'est Monsieur... Jeanine n'est pas ici... Je suis toute seule...

— Personne n'a téléphoné ?

— Seulement Madame. Elle voulait savoir si vous étiez encore là et je lui ai répondu que vous étiez sorti. J'espère que je n'ai pas mal fait ?

Il alla chercher deux autres jetons à la caisse. C'était rarement lui qui composait les numéros. Il était maladroit. Viviane lui manquait. Il commençait à regretter de ne pas l'avoir emmenée. Il avait besoin de se rassurer, appelait la clinique.

— Tout va très bien, professeur. Mme Roche a passé plus d'une heure avec son mari et son beau-frère sans se sentir fatiguée. Elle a mangé ensuite tout ce qu'on lui a servi et s'est endormie. Je viens d'installer à la gynécologie la patiente du 24 que vous opérez demain soir.

— Personne ne m'a demandé ?

— Personne. Tout est calme.

Il aurait préféré être rappelé par une urgence. Il aurait eu un peu peur, certes, mais ça l'aurait obligé à reprendre possession de lui-même. Il se sentait sur une mauvaise pente, appelait la Maternité, comme s'il lui restait de ce côté un dernier espoir.

— Est-ce que Mme Giraud est encore là ?

— Non, professeur. Le docteur Berthaud a pris le service.

Son second assistant.

— Passez-le-moi.

Il aurait voulu être à sa place, en blanc, avec la responsabilité des rangées de lits où des femmes dormaient et où d'autres souffraient en silence, les yeux ouverts.

— Tout va bien, monsieur... Oui, j'ai vu la malade... Le docteur Giraud m'avait passé la consigne... Jusqu'à présent, elle supporte fort bien le traitement... Rien d'autre à signaler... Nous nous attendons à trois accouchements cette nuit et tous les trois s'annoncent normaux... Quant à la césarienne, le docteur Weil la pratique en ce moment...

On ne lui tendait pas la perche. Personne n'avait besoin de lui, ni ses enfants, ni sa mère, ni ses malades.

— Tout est normal...

N'était-ce pas l'heure à laquelle la jeune Alsacienne s'était dirigée vers les quais sans être encore sûre de ce qu'elle allait faire ? N'avait-elle pas essayé auparavant de se raccrocher à quelque chose ? Avait-elle tenté une dernière fois de forcer la consigne, à la clinique des Tilleuls, ou bien, avenue Henri-Martin, était-elle restée à attendre devant les fenêtres éclairées dans l'espoir qu'il allait rentrer ou sortir ?

L'Ours en Peluche ! L'expression, qui lui avait paru si tendre, devenait d'une cruelle ironie.

Viviane avait-elle conscience de sa responsabilité ? Elle ne s'était pas montrée abattue. Seulement inquiète, parce qu'elle s'attendait à ce qu'il lui réclame des comptes, à ce qu'il lui adresse des reproches, peut-être à ce que, dans sa colère, il la mette à la porte ?

Elle le protégeait ! Tout le monde le protégeait ! Il ne fallait pas qu'il s'éparpille. On avait besoin de lui tel qu'il était, tel qu'on avait décidé qu'il était, pour les porter à bras tendus.

Ils avaient tous des problèmes et c'était à lui de les résoudre. Quant à lui, il n'avait pas droit à un écart.

Même la patronne du café, ou la caissière, enfin la femme aux gros seins, levait la tête de son journal pour le regarder d'un œil inquiet, comme si elle le soupçonnait, au lieu de téléphoner, d'être allé vomir dans la cabine.

— Combien, garçon ?

Il prendrait un papier, pas aujourd'hui, un autre soir, chez lui, dans son bureau, sans personne autour de lui, et il chercherait, année par année, aussi loin qu'il serait capable de remonter, en notant tous les indices. C'était la discipline qu'on lui avait apprise et qu'il inculquait à son tour à ses élèves.

Ne rien négliger ! Ne pas se contenter d'une réponse à peu près satisfaisante, d'un symptôme évident. Eliminer les faits douteux. Grouper les autres. Et, même alors, ne pas se fier à la solution qui saute aux yeux.

Il riait, sur le trottoir, de lui, évidemment, l'éminent professeur, comme disait David au déjeuner, qui ne parvenait pas à établir son propre diagnostic. Il n'était pas le premier dans son cas. Il en avait connu un, éminent aussi, interniste respecté dans le monde entier, qui sonnait à la porte de tous ses confrères pour les consulter.

Il les accusait ensuite de lui mentir, mettant en doute jusqu'aux clichés radiologiques et aux examens de laboratoire.

En fin de compte, il était mort, Chabot ne savait pas de quoi, faute de s'en être préoccupé. C'était une des histoires vraies qu'on se racontait dans les congrès et ceux qui riaient le plus fort n'étaient pas les plus rassurés.

Il chercha la clef de l'auto dans sa poche, oubliant qu'il l'avait laissée sur le tableau de bord et, par crainte d'être ébloui par les phares, choisit la route où il avait l'espoir de trouver le moins de circulation. On l'attendait boulevard de Courcelles, M. et Mme Philippe Vanacker, puisque c'est ainsi qu'ils s'appelaient, ainsi que le très important M. Lambert et sa nouvelle femme.

M. Lambert tenait à le voir et Philippe avait insisté pour que Christine lui téléphone.

Ce n'était pas une raison pour avoir un accident sur la route. Au fond, ils devaient être satisfaits qu'il n'arrive que pour le café. On avait besoin de le voir, de lui parler, vraisemblablement pour lui demander de pistonner le fils d'un ami qui faisait sa médecine. Car les gens se figurent qu'un professeur n'a qu'un mot à dire pour que le premier crétin venu passe ses examens. Et même s'il le pouvait ? Obtiendrait-il, lui, que Lambert lui achète un stock de vin frelaté ?

Au fond, il se tracassait sans raison. Il était parti sur des données fausses, se laissant convaincre que c'était lui qui avait tort, alors que c'étaient eux.

Sur cette base, tout devenait clair, presque plaisant. Il n'était pas chargé de réformer le monde, pas même ce gros imbécile violacé qui le regardait sévèrement avaler ses deux cognacs.

Il n'avait qu'à faire son métier du mieux qu'il pouvait. S'il n'avait pas été un mari fidèle, il attendait encore qu'on lui en montre un seul, et Christine était heureuse de courir les coiffeurs à la mode et les magasins du Faubourg-Saint-Honoré en compagnie de cette dinde de Maud.

Il ne s'était pas assez occupé de ses enfants ? Qui donc lui réclamait des jouets coûteux, puis des robes, des vacances à Saint-Tropez, du ski à la montagne, bientôt une voiture personnelle ? Et qui, sinon eux, exigeait une entière liberté ?

Ils deviendraient ce qu'ils pourraient. Cela ne le regardait plus. Jean-Paul Caron serait son gendre.

Eliane ferait du théâtre ou du cinéma et sa mère serait toute fière si, un jour, elle devenait une vedette. Quelle différence entre coucher avec son professeur ou, à la sauvette, dans Dieu sait quelles conditions, avec des petits camarades ?

Quant à David, pourquoi ne tirerait-il pas son plan, avec ou sans bachot ? Philippe, à qui on prédisait la prison, était devenu un homme riche et soi-disant heureux qui se permettait de convoquer son professeur de beau-frère.

Le professeur y allait ! Voilà ! Voilà ! A votre service, messieurs du vin, de la télévision et des jolies filles !

Il devait faire attention aux cyclistes. C'était sa hantise. Quand une voiture arrive en sens inverse, il est difficile de voir le petit disque rouge sur la roue arrière d'un vélo. C'était ça, son accident, trois ans plus tôt. Il n'avait rien bu. Le cycliste, lui, était ivre et zigzaguait, sans aucun feu. Pendant plusieurs minutes, il l'avait cru mort, un homme d'une cinquantaine d'années, avec des moustaches comme son père.

Maintenant, il avait la mort d'une jeune fille sur la conscience. Pas seulement de la jeune fille, mais encore du bébé qu'elle portait.

Que serait-il arrivé si elle ne s'était pas noyée, si elle était parvenue à le rejoindre, à lui parler ? Il ne s'était pas encore posé cette question, mais Viviane, elle, avait dû y penser.

Et si cela avait été à Christine, au lieu de Viviane, de prendre la décision ? Si, par exemple, la jeune fille avait eu l'audace de sonner avenue Henri-Martin, si sa femme l'avait reçue et avait tout appris ?

Aurait-elle agi comme la secrétaire ? Aurait-elle voulu *protéger* son mari ? Aurait-elle essayé de l'en tirer avec de l'argent ou bien aurait-elle exigé, en le menaçant de divorce, qu'il supprime l'enfant ? Au nom de leurs enfants à eux, bien entendu. Au nom de sa réputation, de sa carrière, au nom de la clinique aussi, qui était un peu le bien de sa famille.

Ces femmes n'avaient-elles pas raison ? C'était l'autre, dont il ne retrouvait pas le nom tout de suite... ah ! oui... Emma... c'était Emma qui avait tort ou plutôt qui avait fini par comprendre.

Etait-ce bien cela qu'on attendait de lui ? Commençait-il à se montrer raisonnable ? Devenait-il, passé quarante-huit ans, un homme comme un autre ?

Dans ce cas, tout était parfait. A votre service, messieurs-dames ! J'arrive, bien sage, bien é-qui-li-bré. Et, comme récompense, vous me servirez, avec mon café, un grand verre de cette fine 1843 qu'on ne boit plus guère que chez vous...

Il parlait tout seul, ne pouvait en dire davantage parce que, derrière son volant, dans l'obscurité de la voiture, il pleurait comme un idiot.

6

*La soirée du boulevard de Courcelles
et la femme endormie dans la rue*

Il devait être au moins dix heures et demie, peut-être onze heures. Il n'avait pas regardé sa montre, car il ne savait plus quel bouton tourner pour éclairer le tableau de bord. Il s'en souvenait pour la grosse voiture, celle que sa femme conduisait d'habitude. Pour lui, il préférait la petite. Il s'était arrêté une fois en chemin, dans un bar de l'avenue des Ternes, après avoir cherché en vain un urinoir public dans les rues. Avant, on en trouvait tous les cent mètres. Maintenant plus. D'ailleurs, il avait pensé à trop de choses, tout en roulant, pour se poser la question la plus actuelle et il était temps de se la poser : aller ou ne pas aller chez Philippe ?

L'importance de cette soirée, depuis qu'il avait quitté l'avenue Henri-Martin, avait grossi démesurément et il lui semblait que c'était l'occasion d'une prise de position définitive.

Il traversait le trottoir d'un pas raide, un sourire entendu aux lèvres, sonnait, saluait le valet de chambre qui lui ouvrait la porte et qui s'effaçait pour le laisser passer. Chabot le connaissait. Il avait une tête de jockey. C'était peut-être un ancien jockey. Il faillit lui dire :

— Bonsoir, cheval !

Mais il se retint de plaisanter et murmura, n'en sachant pas moins, à part lui, ce qu'il pensait :

— Bonsoir, Joseph.

C'était bien Joseph. Il ne se trompait pas de nom. Et, toujours d'aplomb sur ses jambes, comme on s'apprête à entrer en scène, il gravissait les marches de marbre jaune, se dirigeait vers la double porte derrière laquelle on entendait la rumeur d'une soirée mondaine.

Il fonçait, prenant déjà l'attitude qu'il avait décidé d'adopter.

— Si Monsieur me permet...

Joseph s'emparait de son chapeau, l'aidait à retirer son pardessus qu'il avait oublié de lui laisser au passage. Chabot, mécontent, vexé, le regarda poser le vêtement, en attendant de l'accrocher quelque part, sur un meuble du hall, ouvrir la porte, annoncer d'une voix qui se perdit dans le brouhaha :

— Monsieur le professeur Jean Chabot.

Le décalage était si brutal avec le monde obscur d'où il émergeait qu'il se fit l'impression d'un hibou surpris par une lumière vive. Les voix étaient haut perchées. On avait dû s'attarder à prendre l'apéritif, comme toujours dans cette maison, et les rires étaient excités, les gestes à la fois emphatiques et vagues.

Au premier abord, parmi les groupes, les uns assis, les autres debout, il ne reconnut que deux ou trois visages, remarqua surtout des épaules nues et des mains qui tenaient des verres.

Philippe se précipitait sur lui et, bien entendu, le regardait un instant comme si, par exemple,

Chabot avait eu tout à coup le nez de travers, ou un pansement sur l'œil. Tous, aujourd'hui, s'étaient donné le mot pour le regarder ainsi et son beau-frère ne manquait pas de lui demander, en lui posant la main sur l'épaule :

— Tout va bien ?

Par ironie, il répondait, avec une conviction exagérée :

— Admirablement bien !

Jadis, au Quartier Latin, Philippe lui disait vous, car il n'était qu'un gamin quand Chabot était déjà un homme. N'était-ce pas curieux qu'il se soit mis à le tutoyer le jour de son mariage avec Maud, c'est-à-dire le jour où, riche d'une heure à l'autre, il se considérait comme son égal ?

Dans les milieux médicaux, et particulièrement à la Faculté, on est assez avare de familiarité et Chabot avait toujours ressenti comme une humiliation celle de Philippe. A ses yeux, c'était une servitude, qu'il n'avait acceptée que par égard pour sa femme, et il lui en avait voulu à elle aussi.

Il apercevait Christine dans un fauteuil, assez loin, et des gens passaient entre eux. Elle était en conversation avec un homme dont il ne distinguait que le profil et à qui elle souriait d'un air détendu.

— Nous nous demandions si tu avais eu une urgence. Surtout que Christine a téléphoné chez toi et que la cuisinière lui a dit...

Maud, à son tour, dans une robe collante qui laissait voir une bonne moitié de ses petits seins en poire, venait lui serrer la main, le regardait, se hâtait de dire :

— Attends. Je vais te chercher un verre...

Elle le tutoyait aussi. Il est vrai qu'elle tutoyait tout le monde.

Il entendait plusieurs conversations à la fois, des

phrases qui s'entrecroisaient et formaient un drôle de mélange. Certains, lui semblait-il, parlaient de cinéma, d'autres du prix des propriétés sur la Côte d'Azur.

Philippe et sa femme en possédaient une, au cap d'Antibes. Ils avaient aussi, pour les week-ends, une ancienne gentilhommière, avec des écuries et un assez grand parc, du côté de Maisons-Laffitte.

— Viens avec moi, que je te présente quelques-uns de nos amis...

Maud revenait avec un verre dans lequel flottait un cube de glace et, parce qu'il ne savait qu'en faire, il le vidait pour le poser en passant sur un guéridon. Philippe l'observait toujours, préoccupé, et Chabot avait presque envie, pour le rassurer, de lui dire que, tout bien pesé, il avait pris la résolution de ne pas faire de scandale.

Ils s'approchaient tous les deux d'un couple en conversation sur un canapé.

— Mon beau-frère, le professeur Jean Chabot... Le préfet de l'Hérault, un grand ami de mon beau-père, qui est venu se détendre un peu à Paris.

Les deux hommes échangèrent une poignée de main. La jeune femme buvait un liquide rosé avec des pailles.

— Je ne te présente pas Yvette. Tu n'as vu qu'elle au cinéma.

Ce n'était pas vrai. D'abord, il allait rarement au cinéma. Ensuite, il ne se souvenait pas de l'avoir vue. Elle aussi montrait sa gorge. Elle avait de beaux seins, qui ressemblaient à ceux de l'Alsacienne. Elle lui disait en lui tendant le bout des doigts :

— C'est toujours utile de connaître un obstétricien. Si un jour j'ai besoin de vous...

Il n'était plus très loin de sa femme et il reconnaissait maintenant le personnage avec qui elle entretenait une conversation confiante et animée. C'était l'acteur qui dirigeait les cours d'art dramatique suivis par sa fille Eliane. Il était plus vieux que dans ses films, plus vieux que Chabot. Il avait un tic : toutes les quelques secondes, il secouait la tête en fermant les yeux comme si une mouche le gênait.

On ne voyait pas Eliane dans le salon, ni dans le petit salon voisin où Lambert et deux invités, assis dans de grands fauteuils, poursuivaient une conversation sérieuse. Ils fumaient des cigares sans s'occuper des autres. Ils auraient aussi bien pu se réunir dans un bureau. Il est vrai que, comme sur un mot d'ordre, on faisait autour d'eux une zone de calme et de silence.

Son regard croisa celui de sa femme et elle ne parut pas gênée de son intimité soudaine avec l'amant de sa fille.

Philippe questionnait :

— Tu le connais ?

Il répondait que non. L'acteur restait assis.

— Mon beau-frère, l'éminent professeur Jean Chabot... Quant à notre ami, tout le monde...

Eh ! oui, tout le monde le connaissait ! Ils étaient tous importants. Même, sans doute, les deux femmes ahurissantes, en équilibre sur des tabourets du bar comme sur des perchoirs, qui étaient peut-être des mannequins de cire. Elles n'avaient plus d'âge et elles avaient accumulé tous les fards qui leur étaient tombés sous la main. Leurs cheveux, couleur d'étoupe, coiffés à la Marie-Antoinette, ne pouvaient être naturels, ou alors le coiffeur s'était cruellement moqué d'elles.

Philippe murmurait :

— Je ne te les présente pas car, à cette heure-ci, elles n'entendent plus ce qu'on leur dit. Tu as dû les rencontrer à Cannes, ou au casino de Deauville...

— Non.

D'abord, quand il se rendait dans le Midi, il ne descendait pas à Cannes, mais choisissait un petit port tranquille entre Marseille et Toulon. Ensuite, si ridicule que cela puisse paraître ici, il n'avait jamais mis les pieds au casino de Deauville.

— C'est la mère et la fille et on les prend souvent l'une pour l'autre. Elles sont complètement ivres. Elles l'étaient déjà quand on s'est mis à table.

Chabot ne se donnait pas la peine d'écouter. Cela ne le regardait pas. On lui avait commandé de venir et il était venu. Il ne fallait pas lui demander, par surcroît, de faire semblant d'être des leurs.

— Elles sont soi-disant américaines et la fille a épousé un magnat des tracteurs, si je me souviens bien, qui passe toute l'année à Detroit. Elles parlent le français aussi bien que l'anglais, avec un fort accent d'Europe centrale...

Cela lui était égal. Elles lui faisaient plutôt peur, les épaules, les poignets, les doigts étincelants de bijoux, leurs yeux de porcelaine braqués droit devant elles comme s'ils ne voyaient rien.

— Quant à elles, elles ne vont presque jamais aux Etats-Unis.

Il faillit attraper un verre sur un plateau qui passait à sa portée, mais il n'osa pas, à cause de Philippe.

— La comtesse de Manda...

Celle-ci tendait une main potelée et murmurait dans un sourire :

— Nous nous connaissons fort bien, le professeur et moi, n'est-ce pas, professeur ?

Ainsi, par un chaînon au moins, les deux mondes se rejoignaient. Il ne l'avait jamais vue comme elle se montrait ici, excitée et radieuse. Pour lui, c'était une créature angoissée, misérable, dans un lit de la clinique où il avait dû lui parler pendant des heures, sa main dans la sienne, avant de la décider à se laisser opérer.

Il ignorait s'il existait ou s'il avait existé un comte de Manda. Un seul homme était venu la voir, rue des Tilleuls, en grand secret, effrayé à l'idée d'être reconnu, car c'était un personnage politique en vue, chef de parti, deux fois président du Conseil et longtemps président du Sénat.

Il était vieux et laid, avec d'énormes sourcils, des touffes de poils sombres qui lui sortaient des narines et des oreilles.

Chabot ne s'intéressait qu'à un invité, à qui on ne le présentait pas et qui ne s'intégrait à aucun groupe. Personne ne s'occupait de lui. Il avait la cinquantaine d'années aussi et, vêtu à peu près de la même manière que Chabot, il portait la rosette de la Légion d'honneur, ce qui excluait l'idée d'un policier surveillant les bijoux des dames.

Il le voyait toujours seul, tantôt dans un coin, tantôt dans un autre. Plusieurs fois, leurs regards se rencontrèrent et ils avaient été tentés de s'adresser la parole comme s'ils avaient conscience d'appartenir à la même espèce.

Qui était-il ? Pour quelle raison mystérieuse l'avait-on invité et l'avait-on ensuite abandonné à lui-même ? Par contenance, il feignait d'écouter une conversation par-ci par-là, de contempler les épaules des femmes, puis il allait se camper un peu plus loin, allumait une cigarette, embarrassé de son allumette qu'il finissait par remettre dans la boîte.

— Maintenant que tu connais tout le monde...

C'était inexact.

— Maintenant que tu connais tout le monde, je

te laisse. Mon beau-père t'a aperçu et, dès qu'il en aura fini là-bas, il voudra certainement te parler...

Sans doute avait-on lâché de la même façon l'inconnu à la rosette. Lui aussi attendait qu'on ait le temps de lui réclamer un service.

Philippe se glissait de groupe en groupe avec l'aisance d'un animateur de cabaret. Il en avait l'assurance désinvolte. Il aurait tout aussi bien pu poser des chapeaux en papier sur la tête des gens ou, pour faire rire, choisir dans l'assistance un crâne bien chauve et le tapoter.

Un jeune homme que Chabot ne connaissait pas lui lançait à la figure :

— Alors, professeur ?

Celui-ci ne se donnait pas la peine de dire monsieur, comme un Ruet, comme un Weil qui venait de passer son agrégation.

— Content de voir votre fille tourner dans un film ?

Etait-ce donc pour cela qu'on l'avait prié de venir et que le professeur d'Eliane était ici ? Lambert fournissait-il les fonds et voulait-il s'assurer de son accord ?

Il avait envie de s'en aller. Un domestique passait à sa portée avec un plateau et il saisissait au vol un verre de la même couleur que le précédent. C'était du whisky. Il n'aurait pas droit à la vieille fine.

En observant de loin l'homme à la rosette, il pensait à sa mère et à la haine qu'elle avait vouée aux riches. Quand une main se posa sur son bras, il tressaillit, se retourna, reconnut sa femme dont les yeux étaient plus brillants que d'habitude. Tout le monde, sauf lui et son espèce de double, était surexcité.

— Ça va ? lui lançait-elle.

Cette question, le regard qui l'accompagnait

invariablement finissaient par l'exaspérer et il eut envie de répondre que cela n'allait pas du tout, qu'il avait un automatique dans sa poche et que cela le démangeait de s'en servir.

Au lieu de cela, il prononçait, sans cacher tout à fait son agressivité :

— Pourquoi cela n'irait-il pas ?
— Tu as pu te reposer un peu ?
— Non.

D'habitude, il disait oui, même quand ce n'était pas vrai, car son repos et sa fatigue ne regardaient personne.

— On t'a dit qu'Eliane va tourner un film ?
— Un jeune homme mal élevé m'en a parlé il y a un instant.
— Tu es fâché ?
— Même pas.
— Si l'on ne t'a pas mis au courant plus tôt, c'est que, ce soir seulement...
— Cela m'est égal.
— Tu es de mauvaise humeur.

Elle plissait le front, ajoutait, méfiante :

— Tu n'aurais pas bu, par hasard ?

Contre toute vraisemblance, car elle était assez près de lui pour sentir son haleine, il laissait tomber :

— Non.
— Je te demande seulement de ne pas montrer tes sentiments... Nous sommes chez mon frère... Pour la carrière d'Eliane, c'est important... Je n'aurais pas dû insister pour que tu viennes... Tu connais la nouvelle femme de Lambert ?

Pour quelle raison l'aurait-il connue ?

Christine adressait un signe à une jeune femme qui faisait tapisserie et qui s'approchait docilement.

— Mon mari... Lucette Lambert... Je vous laisse faire connaissance.

Elle s'éclipsait et il ne savait que dire, sa partenaire non plus, encore moins à son aise que lui. Elle aurait pu être une des petites cousines dont sa mère s'occupait, vivant en banlieue, travaillant à l'usine ou dans un Prisunic. Longtemps mal nourrie, mal soignée, on lui avait mis, comme un déguisement, une robe de lamé trop raide et des bijoux qui, sur elle, semblaient faux. On avait changé sa coiffure, la courbe de ses cils, comme on aurait collé un nouveau visage sur le vrai, mais celui-ci transparaissait, presque pathétique.

Elle lui demandait avec gaucherie :

— Vous ne venez pas souvent ici, n'est-ce pas ? Je ne vous ai jamais vu.

Il hochait la tête et elle poursuivait, son regard cherchant un appui dans l'espace :

— Philippe est un gentil garçon, et si simple ! Sa femme aussi, d'ailleurs. J'avais peur qu'elle ne m'aime pas, qu'elle me considère comme une intruse. Au lieu de cela...

Il imaginait l'Alsacienne à sa place et avait envie de crier. On l'avait attiré dans un traquenard. Tout était truqué, grinçant. C'était une farce montée de toutes pièces afin de le mystifier. Les deux poupées peintes ne pouvaient pas être vraies et l'homme à la rosette était sans doute un figurant.

On avait donné des instructions aux maîtres d'hôtel pour qu'ils passent sans cesse près de lui avec des plateaux chargés de verres et, chaque fois, ils marquaient un temps d'arrêt, le coup d'œil tentateur.

Plus tard, quand il aurait trop bu, on lui ferait un croc-en-jambe, on trouverait n'importe quel moyen de le ridiculiser et, alors, tout le monde, levant le masque, éclaterait de rire.

L'éminent professeur Jean Chabot, de la Faculté de Médecine de Paris, qui avait failli entrer dans le salon avec son pardessus et son chapeau !

Les visages se rapprochaient, s'éloignaient. Une tête devenait très grosse, avec des lèvres qui remuaient sans bruit, puis diminuait peu à peu pour s'immobiliser, ridiculement petite, dans un angle lointain du salon.

Il y avait des nouveaux, deux femmes, en particulier, qui étaient venues le regarder en se demandant qui il était et qui, après s'être donné un coup de coude, s'étaient éloignées en riant.

Il reconnut même sa fille Eliane, en compagnie d'un jeune homme au veston trop court, aux cheveux bas sur la nuque. Elle lui adressait, de loin, un geste de la main auquel il n'éprouva pas le besoin de répondre.

L'homme important, c'était Lambert, dans l'autre salon, une sorte de monstre aux proportions de gorille, le cou, les épaules, la poitrine si puissants qu'il avait pu, plus jeune, porter une barrique de vin sur la nuque.

Il en avait fini avec ses deux compagnons, appelait d'un geste le préfet qui se précipitait, le mettait au courant des décisions qu'on venait de prendre et tout le monde se congratulait. De quoi s'agissait-il ? C'était sans importance, du moment que chacun était content des autres et de soi.

On passait des petits fours, des canapés au caviar et au saumon. Chabot n'avait toujours pas faim. Il n'était pas ivre. Il se rendait un compte exact de son état et les défiait de le prendre en traître.

Une lourde main s'abattait sur son épaule.

— Enfin ! A nous deux, mon cher professeur...

C'était Lambert, qui s'était quand même levé pour venir à lui et qui, debout, bien que de taille très moyenne, était encore plus impressionnant. Il marchait en tanguant, comme les débardeurs et les forts des Halles.

— Cette petite fête ne vous amuse guère, hein ? Posez votre verre n'importe où et suivez-moi dans la bibliothèque, où personne ne nous dérangera. D'abord, il faut que je vous présente à ma femme. Vous comprendrez plus tard pourquoi c'est important...

— Je lui ai parlé.

— Bon ! Elle n'a pas dû vous en dire long, car elle n'est pas encore habituée...

Ils traversaient le petit salon aux panneaux de bois sculpté, pénétraient dans la bibliothèque aux murs couverts, jusqu'au plafond, de livres reliés que personne, dans la maison, n'avait dû lire. Une terre cuite ornait la cheminée.

— Vous connaissez ? C'est un Rodin original, dont on n'a tiré aucun bronze...

La fine 1843 était sur la table. On y avait donc pensé. Maintenant, il n'en avait plus envie.

— Installez-vous confortablement. Nous allons parler entre hommes et, comme de juste, ce que je vous dirai restera entre nous...

Il s'asseyait de son côté, choisissait une pilule dans une boîte, se versait un demi-verre d'eau.

— Trinitrine... Vous connaissez ça mieux que moi. Grâce à ce médicament, voilà quand même trois ans que je n'ai pas eu une seule crise sérieuse...

Il lui désignait la bouteille de cognac.

— Servez-vous !... Donc, vous avez eu l'occasion de voir ma femme... Je ne vous demande pas ce que vous pensez d'elle... De toute façon, dans quelques mois, vous ne la reconnaîtrez plus... Elle se fera petit à petit, comme les autres, plutôt trop vite, car, personnellement, pour l'usage que j'en fais, je les préfère nature... A mon âge, je ne peux pas exiger qu'elles vivent enfermées... Vous voyez ?

Lambert avait la couleur d'une bougie, les lèvres d'un rose malsain, et Chabot, encore que ce ne fût pas sa spécialité, ne lui donnait pas deux ans à vivre. Peut-être deux mois. Ou deux jours. Ou même deux heures. Malgré la trinitrine, il pouvait s'affaler d'un instant à l'autre. C'était déjà un demi-mort qui parlait, dans le décor solennel de la bibliothèque où ne parvenait que l'écho amorti de la soirée.

— Bon ! Demain ou après-demain, cela dépend de vous, je vous enverrai Lucette et vous l'examinerez. Si je tenais à vous voir avant, c'est que je veux d'abord mettre quelques détails au point. Elle est enceinte, cela ne fait pas l'ombre d'un doute, et vous l'avez sans doute remarqué.

» D'après elle, elle serait enceinte de deux mois. Or, moi, ce qu'il m'importe de savoir, c'est si, en réalité, ce n'est pas de trois mois. Ne protestez pas ! Ne tirez pas trop vite des conclusions de ce que je vous dis.

» Si cette question de mois est capitale à mes yeux, ce n'est pas à cause de la date de notre mariage, comme vous pourriez le penser, car je ne suis pas assez naïf pour acheter chat en poche, si vous voyez ce que je veux dire...

Il avait les jambes courtes, les cuisses énormes. Penché en avant, il posait la main sur le genou de Chabot, comme pour souligner ses paroles.

— La différence, c'est que, il y a trois mois, pendant plusieurs semaines, tout ce que j'ai fait avec elle, c'est...

Il poursuivait avec des mots aussi crus que des photos pornographiques, mettant son interlocuteur au courant des moindres détails de ses ébats amoureux, ses goûts, ses possibilités et ses faiblesses.

Chabot retirait sa jambe, évitait de regarder le visage blafard, le sourire libidineux.

— Vous comprenez ? Je note d'ailleurs tout cela dans un petit carnet, jour par jour...

Il riait, caressait comme avec gourmandise la poche où ce carnet devait se trouver.

— Bien entendu, je n'écris pas les noms, seulement les initiales, et je remplace certains mots par des signes. Il y en a d'amusants. Si, plus tard, on trouve le carnet... Mais revenons au principal... Je ne suis pas médecin et je prétends que chacun doit se cantonner dans son métier... Je ne lis même pas les articles médicaux des journaux... Si j'ai tort, dites-le-moi... Il me semble pourtant qu'étant donné ce que je viens de vous confier, il est médicalement impossible que, pendant ces trois semaines-là, je lui aie fait un enfant...

Chabot ne répondait pas et, par contenance, buvait une gorgée de fine dans un verre ballon aux initiales de son beau-frère.

— Bref, vous comprenez maintenant la différence entre deux et trois mois... Deux mois, l'enfant est de moi... Trois mois, non.

— Il n'est pas toujours possible... murmurait Chabot. C'était à cause de la pauvre fille qu'il se donnait la peine de répondre.

— Ta ta ta ! Ne me dites pas ça et ne vous mettez pas en tête que vous pourriez me faire croire, plus tard, que ma femme a porté un mois de trop... Je connais la musique !... Ce n'est pas la première fois que je mets des filles dans cette position-là et, si c'est nécessaire, je trouverai d'autres médecins qui me révéleront la vérité...

» Pour vous rassurer, sachez qu'en aucun cas il ne sera question de divorce. Et, de toute façon, qu'il soit de moi ou non, je ne suis pas sûr de garder cet enfant...

Son regard s'était durci.

— Vous ne répondez pas ?

Chabot le regardait en face et ses lèvres frémissaient.

— Vous ne seriez pas saoul, par hasard ?
— Non.
— On pourrait le croire. Depuis quelque temps, vous filez un mauvais coton ?
— Qui vous l'a dit ?
— Peu importe.

Lambert se levait, se campait un instant le dos au feu de bois.

— En tout cas, les choses se passeront comme je l'ai décidé. Ma femme téléphonera demain à votre chère secrétaire, puisque c'est elle qui fixe les rendez-vous. Après l'examen, nous aurons une entrevue, car il vaut mieux ne pas parler de ces choses-là par téléphone...

Chabot s'était levé aussi et ce mouvement lui faisait tourner la tête. Il avait gardé son verre à la main, sans s'en rendre compte, et il fut tenté de le lancer au visage de Lambert.

Celui-ci haussait les épaules et, comme s'il s'adressait à un enfant, grommelait :

— Demain, vous envisagerez les choses autrement.

Sûr de lui, balançant sa carcasse, il sortait de la pièce sans un mot de plus. Dans sa poche, Chabot sentait le poids de l'automatique. Ici aussi, au-dessus de la cheminée, il y avait un miroir et il s'y voyait. Il fut sur le point de recommencer l'expérience de son bureau, de faire le geste, avec l'arme sur sa tempe.

Une quantité de témoignages venaient de s'ajouter à ceux qu'il avait accumulés au cours de la journée. Presque tous ses faits et gestes avaient eu des spectateurs et on aurait dit qu'il s'était ingénié à tracer ainsi une longue piste à travers Paris. Que déclarerait l'homme à la rosette ? Et la jeune femme de Lambert, la seule à être restée à côté de lui un certain temps ?

Lambert avait laissé la porte entrouverte, mais ils faisaient tant de bruit à côté qu'on n'entendrait peut-être pas la détonation. Il y avait de la musique. On dansait.

Ce serait peut-être un domestique qui le découvrirait en venant éteindre les lumières.

Il se sentit mal. Son estomac se soulevait et il quitta la pièce en hâte, non par la porte du salon, mais par celle du hall. Les toilettes étaient occupées et il monta au premier, s'enferma dans la salle de bains de Philippe.

Quand il tira la chasse d'eau, ses yeux étaient bordés de rouge et il se bassina le visage à l'eau fraîche, dégoûté d'avoir à se servir de la serviette spongieuse de son beau-frère qui sentait la lotion.

En descendant l'escalier, il rencontra Maud qui montait.

— Ça ne va pas ? Tu n'as pas vu Philippe ?
— Non.
— Il est sûrement dans un coin avec une femme... Je monte me refaire une beauté...

Ce n'était plus possible. Il ne savait pas au juste quoi, mais il sentait que ce n'était plus possible. Rien n'avait le même sens pour lui et pour eux et il se demandait comment il avait tenu si longtemps.

Le plus effrayant, c'est qu'il soupçonnait les autres d'avoir raison. Sa mère aussi. C'était lui qui l'avait voulu.

A force de travail, il était devenu quelqu'un comme elle disait, et cela aurait dû le rassurer.

Square du Croisic, il gagnait assez d'argent pour vivre décemment avec sa famille.

S'il ne s'était pas lancé dans l'aventure de la clinique, il aurait continué à envoyer des communications aux journaux médicaux et serait venu à bout de son traité d'obstétrique, que ses confrères lui conseillaient depuis si longtemps d'écrire et qu'il avait à peine commencé.

C'était lui, en définitive, qui leur avait menti. A tous. Avec des mensonges différents pour chacun. En jouant des rôles différents selon les endroits.

Ce n'était pas le même homme qui professait à Port-Royal et qui, avenue des Tilleuls, tenait longuement la main des patientes. Il n'était pas le même non plus dans son cabinet de consultation, dans la salle à manger, chez Viviane ou chez sa mère.

De sorte qu'en fin de compte il n'était plus personne. Ce qu'il cherchait depuis le matin, depuis des mois, des années, c'était lui, voilà la vérité.

Il ne voulait pas revoir son beau-frère, ni Lambert, ni les invités. Il voulait s'en aller, cherchait son pardessus, son chapeau, ne les trouvait pas, ne trouvait pas non plus le valet de chambre qui les lui avait pris d'un air ironique et qui s'était peut-être amusé à les cacher.

Une des Américaines, la mère ou la fille, sortait du cabinet de toilette et il s'arrêtait pour la regarder du même œil qu'il aurait regardé un poisson dans un aquarium.

Il ne sut jamais pourquoi, en poussant la porte du salon, elle se retournait pour lui tirer la langue. Peut-être était-elle complètement ivre ? Peut-être était-elle allée vomir aussi ?

C'était nécessaire, urgent qu'il s'en aille. Il avait besoin de se retrouver sur le trottoir, avec des passants, des becs de gaz, des autos, des autobus.

Il ouvrait une porte et, dans une pièce dont il ne se souvenait pas, découvrait une femme, de dos, qui rattachait sa jarretelle.

— C'est toi, Philippe ? questionnait-elle sans regarder.

Il ne répondit pas, ne chercha pas à savoir qui elle était, descendit l'escalier de marbre jaune et finit par découvrir le vestiaire. Il fouilla parmi les visons, les pardessus, à la recherche du sien qui était tout en dessous, trouva son chapeau, mais ne parvint pas à ouvrir la porte de fer forgé doublée de verre.

Pris de rage de se sentir ainsi enfermé, il la secouait de toutes ses forces et un domestique qui n'était pas Joseph parut enfin.

— Monsieur s'en va déjà ?

Il se contenta de le regarder d'une façon qui devait être inquiétante, car l'homme en veste blanche se précipita.

— Au service de Monsieur... Bonne nuit...

Il y avait plusieurs voitures à la file. La sienne était derrière une grosse auto américaine qui s'était placée de telle sorte qu'il fut incapable de se dégager.

Alors, il regarda la maison avec haine, les poings serrés, les enfonça dans ses poches et s'éloigna à pied.

Il ne savait pas où il allait. Il n'avait envie d'être nulle part. Au lieu de tourner à droite vers la place des Ternes et l'Etoile, il avait pris à gauche dans la direction de la place Clichy et, quand il s'en aperçut, il ne jugea pas utile de faire demi-tour.

Le répugnant Lambert venait de l'atteindre dans le seul domaine encore sacré pour lui : celui de sa dignité professionnelle.

— Vous réfléchirez !...

L'homme était sûr d'avance qu'après réflexion Chabot lui communiquerait le résultat de l'examen de sa femme, puis, si on le lui ordonnait, se chargerait de faire disparaître l'enfant.

Lambert n'était pas encore le maître à la clinique, même s'il avait insisté pour y placer, comme comptable, un de ses employés, chargé vraisemblablement de lui adresser des rapports directs.

Un couple marchait, bras dessus, bras dessous, sans rien dire. Une vieille femme était assise par terre, le dos au mur, et dormait parmi des détritus éparpillés.

Cela aurait été le bon moment, pour l'homme qui le cherchait à travers Paris depuis des semaines, de le rencontrer. Chabot aurait aimé lui poser des questions, il ne savait pas au juste lesquelles, mais il savait que c'était le seul être avec qui il se sentît un lien.

L'autre avait-il un revolver aussi ? Cela le gênait-il un peu, quand il marchait, comme celui de Chabot le gênait ?

Il n'avait pas connu la jeune fille de la même façon que lui. Il ne l'avait pas vue dans la lumière diffuse de la petite chambre de garde. Il ne soupçonnait même pas qu'elle pouvait sourire comme elle avait souri, devenir une chose aussi émouvante qu'un ours en peluche dans le lit d'un enfant.

Le seul bonheur gratuit...

Le seul vrai cadeau aussi qu'il eût reçu de toute sa vie.

Qu'est-ce qu'il aurait fait, après ? N'aurait-il pas été tenté de prendre la même décision que Lambert ?

Il avait peur de ce qu'il découvrait de lui et cela datait de loin, de bien avant que les gens lui trouvent mauvaise mine. Il aurait voulu qu'on lui permette de s'expliquer une bonne fois. Pas à n'importe qui. Pas à sa mère, qui le détestait. Pas à des gens comme le joueur de cartes au visage violet du café de Versailles.

La preuve qu'il n'était pas ivre, c'est qu'il retrouvait des détails qui ne l'avaient pas frappé sur le moment ; par exemple, tracés en lettres blanches sur le miroir, au-dessus des joueurs, les mots :

Moules marinières — Choucroute garnie

Cela aurait pu être le titre d'une chanson. Le plus curieux, c'est que, boulevard des Batignolles, où les maisons devenaient de moins en moins riches à mesure qu'on s'éloignait du boulevard de Courcelles, il retrouvait les mêmes mots à la devanture d'une brasserie encore ouverte.

A tout prendre, c'est à l'Alsacien qu'il aurait préféré dire ce qu'il avait à dire. Ils se seraient compris tous les deux. Maintenant, c'était trop tard. A moins d'un miracle, il y avait peu de chances pour qu'ils se rencontrent de nouveau.

Il devait prendre une décision, comme Emma avait pris la sienne, avec la différence qu'il lui répugnait, à lui, de s'en aller avant d'avoir compris. Tant de gens venaient lui demander de penser à leur place et il n'y avait personne au monde à qui il pût réclamer le même service !

Ce n'était pas vrai qu'il s'était cru plus fort que les autres. Si l'on avait cru ça, c'était à cause de son sens d'une certaine dignité qui n'était pas attachée à sa personne, mais à sa profession. Personne ne l'avait compris. Lui-même avait toujours connu ses faiblesses, et c'est justement parce qu'il les connaissait qu'il s'était imposé tant d'efforts.

Même le titre de professeur... Il ne tenait pas

particulièrement à enseigner. Peut-être, au fond, était-ce du temps perdu. Il en avait eu besoin pour se rassurer sur sa valeur et c'était pour la même raison qu'il s'était acharné ensuite à gagner de l'argent. Parce qu'il ne voulait pas se sentir écrasé par des gens comme ceux qu'il quittait et qui l'écrasaient malgré lui.

A qui aurait-il confié des pensées comme celle-là ? Jusqu'à son besoin d'avoir toujours quelqu'un avec lui ! Il faisait jouer le rôle par Viviane. Mais qu'en retirait-il ? Des sourires ironiques des étudiants qui la voyaient attendre dans la cour de la Maternité...

Plusieurs taxis étaient passés à vide et il ne leur avait pas fait signe.

La vérité, c'est que... Bon ! il revenait chaque fois avec une nouvelle vérité, mais ce n'était pas sa faute, cela indiquait au contraire qu'il cherchait honnêtement.

La vérité, en fin de compte, c'est qu'il en avait assez, qu'il souhaitait une catastrophe, comme certaines gens souhaitent une guerre qui mettra fin à leurs ennuis quotidiens. Se débarrasser d'un coup de tous les soucis, de tous les fardeaux qu'il avait accumulés sur ses épaules, de ses hontes, de ses remords. Ne plus être obligé, à heure fixe, de devenir le professeur infaillible qui va sauver tout le monde.

Ce n'était pas vrai et il n'avait pas le droit de le leur dire. Il était trop tard. Il avait toujours été trop tard et c'est pourquoi il avait continué à jouer son rôle, sur sa lancée, comme un automate. Jusqu'ici, cela avait marché. Le déclic se produisait le moment venu.

— Respirez... Soufflez... *Bloquez !*

Ce mot qu'il n'arrivait pas à trouver tout à

l'heure, quand il était tombé en panne et que les yeux de Mme Roche exprimaient son désarroi !

— *Poussez !...*

Avait-il encore le droit d'agir, de prendre des responsabilités sans la certitude que l'automatisme jouerait à nouveau ?

Ils avaient raison : il était fatigué, si fatigué qu'il enviait la vieille qui dormait sur le trottoir. Il se serait adossé aux maisons, lui aussi, pour dormir et ne plus penser.

Il retrouvait une grande place, des autos qui tournaient en rond, des enseignes lumineuses, des cafés, des bars, des gens qui allaient on ne sait où, et il restait immobile, incapable de se décider, à regarder une file de taxis vides du même œil que, chez Philippe, il avait regardé l'Américaine aux cheveux d'étoupe qui sortait des toilettes.

Un sourire mystérieux lui montait aux lèvres, car il pensait soudain à son père et la tentation lui venait de l'imiter. Il n'avait qu'un signe à faire, son bras à lever : une voiture le reconduirait chez lui ; il choisirait sa place, son coin, le fauteuil du petit salon, par exemple, où il lui arrivait de faire la sieste et qu'il adopterait une fois pour toutes...

Il imaginait la consternation, les allées et venues, les coups de téléphone, les questions, les problèmes que cela poserait, les médecins, les psychiatres qu'on appellerait à la rescousse et qui essaieraient de comprendre.

D'un coup, d'une seconde à l'autre, au moment qu'il choisissait, il arrêtait la mécanique, y compris l'examen de la nouvelle Mme Lambert.

Plus rien ! On ferme ! Désormais, on vit seul, pour soi, bien tranquille à l'intérieur !

Laquelle des femmes le garderait, lui mettrait la nourriture dans la bouche, comme à un invalide ou à un enfant ? Christine ? Viviane ?

Mlle Blanche, qui avait été sa maîtresse les premiers temps et qui continuait à le regarder d'un œil tendre ?

Personne, probablement. On trouverait, pour lui, une institution confortable et discrète. Il se demandait laquelle.

Cela devenait dangereux. Il ne devait pas rester seul dans la nuit.

Il allait trop loin, risquait de basculer et, au point où il en était, il aurait été prudent d'appeler au secours. Ce n'était même pas humiliant, car il n'aurait pas d'explications à fournir.

Il entrait dans un bar, s'accoudait au comptoir mouillé, dans le dos d'un gros consommateur qui discutait avec de grands gestes.

— Une fine...

Il ajoutait de lui-même :

— Dégustation...

Il ne demandait pas, comme à Versailles, où était le téléphone. Il disait :

— Un jeton !

Puis il vidait son verre d'un trait, repoussait le dos qui le coinçait, se dirigeait vers le fond de la pièce où il s'enfonçait dans la cabine vitrée.

Il connaissait le numéro de Viviane par cœur, le composait avec soin, d'un index qui ne tremblait pas. Il était maître de lui. Il dirait n'importe quoi, qu'il se trouvait à Montmartre, qu'il avait envie de la voir, qu'elle prenne un taxi.

Il entendait la sonnerie. Personne ne répondait. Il poussait le bouton. Le jeton tombait dans une sorte de soucoupe et il le remettait dans la fente, composait le numéro avec encore plus de soin.

On ne répondait toujours pas. Viviane n'était pas chez elle. Il ne se souvenait pas que cela fût arrivé en quatre ans.

Il essaya une fois encore, la dernière, il se le

jurait, et il fixait l'appareil un peu comme Mme Roche l'avait fixé pendant son accouchement.

Il avait très chaud. Son front se mouillait de sueur. Il refusait d'avoir peur, disait à mi-voix, comme une prière, une incantation :

— Allô... Allô... Allô...

Il raccrochait lentement, ramassait le jeton sans s'en rendre compte, le glissait dans sa poche et, traversant le bar, se dirigeait vers la sortie.

— Dites donc, là-bas...

Il ignorait que c'était à lui qu'on s'adressait, entendait des rires, sentait qu'on le tirait par la manche, un inconnu assis à une table, et il se demandait ce qu'on lui voulait.

On lui désignait le bar, le garçon.

— Vous avez oublié de payer votre consommation...

Tout le monde éclatait à nouveau de rire, et c'étaient autant de témoignages de plus.

7

*L'ancien camarade de la rue Caulaincourt
et le protégé de la rue de Siam*

Il ne cherchait plus à se raccrocher. Personne ne pouvait plus rien pour lui. Il regardait comme sans le voir un cinéma dont l'enseigne s'éteignait et qui allait lui donner sa dernière chance. Petit à petit, en effet, l'image qu'il fixait prenait un sens, évoquait un souvenir. Il y avait très longtemps, plus de vingt ans, il était venu avec Christine dans ce cinéma et il se souvenait du film qu'on projetait, de la place qu'ils occupaient dans la salle.

Cela se précisait toujours davantage, il revoyait le temps qu'il faisait quand ils étaient sortis, la couleur du ciel, car c'était l'été, en matinée, et ils étaient allés ensuite dîner chez Graff, une brasserie de la place Blanche, à côté du Moulin-Rouge. Au prix d'un léger effort, il aurait été capable de retrouver l'année, le mois, peut-être le jour.

Le cinéma se trouvait au coin de la rue Caulaincourt. Longtemps après, à une autre période de sa vie, il était passé devant avec sa fille Eliane, qu'il conduisait chez un ancien camarade nommé Barnacle.

C'était dommage de n'avoir personne à son côté à cet instant pour témoigner de sa lucidité, de l'agilité de son esprit. Sa mémoire fonctionnait avec une précision photographique.

Il avait d'abord connu Barnacle à la Faculté puis, pendant un an, à l'hôpital Sainte-Anne, où ils suivaient les mêmes cours. C'était le plus laid des étudiants. Il faisait penser à un gnome, à un des sept nains par exemple, la tête beaucoup trop grosse, les cheveux roux en broussaille, le visage aussi mou que du caoutchouc. Des verres épais donnaient l'impression qu'il avait des yeux de bovin alors qu'ils étaient d'une taille ordinaire et que c'étaient les lunettes qui les grossissaient.

Il était mal soigné, presque sale, se rongeait les ongles, et pourtant il avait toujours une fille dans sa chambre d'étudiant, pour un mois ou pour six, qu'il renouvelait à son gré et qui raccommodait ses chaussettes.

Il fascinait Chabot. Tous les deux vivaient un peu en marge des autres et cela les avait rapprochés.

Depuis, Barnacle était devenu interne, toujours à Sainte-Anne, enfin chef de clinique, et il aurait été nommé professeur s'il n'avait toujours refusé de se présenter à l'agrégation.

— Avec une tête comme la mienne, je ferais rire mes élèves.

Barnacle habitait à trois cents mètres de l'endroit où Chabot était campé au bord du trottoir, sans but, sans plus rien avoir à faire dans la vie.

Il vivait et recevait ses patients au dernier étage d'une maison dont les fenêtres donnaient sur le cimetière de Montmartre. Chabot y était allé avec Eliane quand sa fille, vers onze ans, avait souffert de troubles de mémoire et, presque du jour au lendemain, s'était désintéressée de tout ce qui concernait ses études.

— Vous êtes médecin, avait dit la directrice de l'école. Je ne le suis pas. Cela paraît prétentieux de ma part de vous conseiller de la conduire chez un spécialiste. J'ai connu d'autres cas comme le sien et je suis convaincue qu'elle a besoin de soins.

Il avait choisi Barnacle, à la fois neurologue et psychiatre. Son ancien camarade avait passé trois ou quatre fois une heure avec l'enfant. Il avait découvert une histoire assez compliquée d'institutrice qui avait commis une injustice, de ressentiment, d'un repliement inconscient qui avait provoqué une véritable asthénie. Eliane avait été mise dans une autre classe et, quinze jours plus tard, elle était redevenue une enfant normale.

Chabot n'avait pas assisté aux entrevues, mais devinait les questions que Barnacle avait posées. Il lui était arrivé de s'en poser du même genre. Pour se rassurer, il avait relu des passages d'ouvrages qu'il avait étudiés autrefois.

Il n'avait pas trouvé, en ce qui le concernait, de réponses satisfaisantes parce que, dans cette branche de la médecine, en dehors d'un nombre limité de cas extrêmes, c'est souvent une question de degré, d'un peu plus ou d'un peu moins, et que la frontière n'est pas nette entre le normal et l'anormal.

Qu'est-ce qui l'empêchait d'aller sonner chez Barnacle, de lui soumettre son cas, par défi, par jeu, pour voir s'il serait capable, lui, de trouver une explication ?

C'était le moment ou jamais. Il était en pleine crise, comme dirait peut-être son ami.

Il ne se rappelait pas le numéro, mais il reconnaissait la maison.

« S'il y a de la lumière, je sonne ! »

Ainsi, ce n'était pas lui qui choisirait, mais le sort. Il levait la tête, ne voyait rien, traversait la rue et, de l'autre trottoir, apercevait une fenêtre éclairée au dernier étage. Bien qu'il ne fût pas certain que c'était la bonne fenêtre, il sonnait, bredouillait le nom de Barnacle devant la loge, entrait dans l'ascenseur étroit où il était obligé de flamber une allumette pour reconnaître le bouton.

Sur le palier, il entendit de la musique, du Bach au piano, une des *Variations Goldberg*, et il hésitait à aller jusqu'au bout, soudain ému, comme un vrai patient pris de trac au dernier moment et tenté de faire demi-tour.

Barnacle lui ouvrait la porte, en pyjama froissé sous une robe de chambre de laine brune. Depuis la dernière fois, il avait perdu ses cheveux, n'en avait plus que sur les côtés de la tête, ce qui le faisait ressembler encore plus à un Auguste de cirque. Il avait engraissé.

Et pourtant, malgré son aspect ridicule, presque grotesque, il se passait une chose assez extraordinaire. Depuis tout un temps, depuis ce matin en particulier, les gens, même ceux qui ne connaissaient pas Chabot, des inconnus, au café de Versailles ou dans le bar de la place Clichy, l'avaient regardé d'un air surpris, comme frappés de sa mauvaise mine, ou de son expression, et la plupart lui avaient posé des questions.

Barnacle, lui, occupé l'instant d'avant à lire une revue scientifique américaine en écoutant du Bach, l'accueillait comme s'il n'avait pas été minuit et comme si son ancien camarade avait l'habitude de lui rendre visite.

— Entre. Ne fais pas attention au désordre.

Il fumait une vieille pipe qui émettait un glouglou peu ragoûtant à chaque aspiration, se dirigeait vers l'appareil de haute fidélité qu'il avait installé lui-même et qui encombrait deux tables, avec des fils partout, des résistances, des coupe-circuit, trois haut-parleurs, dont un pendait au mur au-dessus d'une toile représentant des vaches dans un pré.

Des livres et des revues s'empilaient jusque sur le plancher et, sur une chaise, il y avait un plateau avec une bouteille de bière et un verre vides.

— Assieds-toi.

Une porte était entrouverte sur l'obscurité d'une chambre et Chabot crut entendre un corps se retourner dans un lit, le soupir d'une personne à moitié endormie. Il ne devait pas s'être trompé, car Barnacle alla refermer la porte.

— Tu n'as pas envie d'un verre de bière ?

Si Chabot avait été visiblement ivre, son ami lui aurait-il offert à boire ?

— Non, merci.

Il ne regrettait pas d'être venu. Cependant, comme tant de malades en présence du médecin, il ne ressentait plus son angoisse et se demandait pourquoi il était ici et ce qu'il allait dire.

Son camarade lui tendait une blague à tabac.

— Tu ne fumes pas la pipe, c'est vrai. Tu as des cigarettes ?

Il en cherchait dans le fatras hétéroclite, l'air toujours aussi naturel.

— Je ne sais pas si tu es comme moi. Avec cette vie qu'on nous fait mener, ce n'est que la nuit que j'ai le temps de lire les revues pour me tenir au courant.

Il ne l'en examinait pas moins, comme à petits coups, et Chabot, qui en était conscient, admirait en professionnel sa façon de faire.

— J'ai hésité à sonner chez toi. Tu ne me croiras peut-être pas : l'idée m'en est venue tout à coup, il y a moins d'un quart d'heure, alors que je me trouvais sur un trottoir de la place Clichy.

Il avait beau faire, il se comportait comme un patient ordinaire, éprouvait le besoin de sourire pour montrer qu'il n'était pas le moins du monde inquiet.

— Je voulais surtout te poser une question à propos d'un incident qui s'est produit cet après-midi et qui me chiffonne.

Il était satisfait de son détachement, de son débit calme, de son aisance à enchaîner les phrases et à trouver le mot juste.

— J'accouchais une patiente sans anesthésie, selon la méthode que les gens appellent l'accouchement sans peur, certains disent sans douleur. Tu connais cette application de la vieille théorie des réflexes conditionnés et tu sais donc que c'est au médecin de déclencher, par des mots clés, le travail de la patiente à l'instant précis où c'est nécessaire.

» J'accouche ainsi, depuis des années, trente à quarante pour cent de mes clientes.

» Or, aujourd'hui, au moment le plus délicat, il s'est produit ce que j'appelle un blanc. Je savais où j'étais, ce que j'avais à faire, mais je ne trouvais ni le mot ni le geste...

— Cela ne t'était jamais arrivé avant ?

— Jamais.

— En d'autres circonstances non plus, je veux dire dans la rue, à table, dans une réunion ? Tu n'as pas éprouvé la sensation d'être quelque part sans y être, de t'agiter dans un monde irréel ?

— Assez souvent, surtout les dernières années.

— Pas de troubles neuro-végétatifs ? L'estomac ? L'intestin ?

— Des douleurs d'estomac, par périodes. La radiographie ne montre pas d'ulcère.

— Tu t'es fait examiner fréquemment ?
— Je comprends ta question. Oui. Néanmoins, je ne suis pas hypocondriaque.
— Ta tension artérielle ?
— Basse. Aux alentours de 11-7. Je suis descendu plusieurs fois jusqu'à 10.
— Et avant ?
— De 13 à 14.
— Cela ne t'ennuie pas que je la prenne ? Passons à côté, veux-tu ?

Son cabinet était dans le même désordre que le salon, le cuir des fauteuils et de la couche aussi usé que celui du fauteuil Voltaire de Versailles. Cela donnait pourtant une atmosphère agréable, rassurante. On avait l'impression de choses déjà vues, familières. On était tenté de se comporter sans façons.

— Je m'étends ?
— Ce n'est pas la peine. Retire ton veston et assieds-toi.

Barnacle n'était ni solennel ni pontifiant. Il faisait tout cela comme il aurait fait n'importe quoi de banal, de quotidien.

— A quelle heure as-tu dîné ?
— Je n'ai pas dîné. D'autre part, les circonstances m'ont presque forcé à boire quelques verres.
— D'habitude, tu bois beaucoup ?
— Non.
— Tu prends des médicaments ? Barbituriques ?
— Quand je n'arrive pas à m'endormir.
— Combien d'heures de sommeil as-tu par nuit ?
— Cela dépend de l'heure que mes patientes choisissent pour accoucher. Parfois trois heures, parfois cinq ou six, rarement plus. Quand j'en ai

la possibilité, je m'étends un moment, chez moi ou à la clinique.

— Tu te sens fatigué ?

Il n'osait pas répondre qu'il l'était certaines fois au point d'en pleurer, qu'il lui arrivait de pleurer réellement, avec des larmes, seul dans son bureau ou dans son lit. Il ne disait rien, en fin de compte, de ce qu'il avait eu l'intention de dire, car il lui semblait que cela avait cessé d'exister.

— Ce n'est pas étonnant que tu te sentes las. Ta tension est tombée à 9. Je contrôle tes réflexes, tant que j'y suis ? Tu sais, si je t'ennuie, arrête-moi. Je suis comme un vieux cheval de cirque. On m'a enseigné une routine et je la suis malgré moi. Enlève tes chaussettes. Donne-moi ton pied gauche.

Il avait tiré un canif de sa poche, sans l'ouvrir, s'en servait pour gratter la plante du pied.

— Tu sens quelque chose ? Et maintenant ?

Puis il lui frappait les jointures avec un petit marteau.

— Depuis combien de temps ne t'a-t-on pas examiné le fond de l'œil ?

— Quelques mois.

Chabot se rechaussait, s'asseyait sur un tabouret et son ami se mettait sur le front un réflecteur avec une petite ampoule électrique.

— Fixe mon doigt... Suis-le... Tu te souviens de ces simagrées... On a aujourd'hui des appareils perfectionnés qui donnent exactement le même résultat mais qui coûtent plus cher... Regarde le plafond... le plancher... encore le plafond... le plancher... la cheminée... la porte... la cheminée... Suffit !

Il se débarrassait du réflecteur.

— Je suppose que tu t'es fait faire des analyses

d'urine ? Pas de sucre, d'albumine ? Le taux d'urée est à peu près normal ?

Chabot remettait son veston et ils s'asseyaient chacun d'un côté du bureau.

— Tu n'as pas eu la grippe, ni aucune affection à virus ? Je m'excuse, car tu as certainement pensé à tout ça.

Il rallumait sa pipe, attendait un moment.

— Au fait, comment va la petite fille que tu m'avais amenée ?

— J'ai appris ce soir qu'il est question qu'elle devienne vedette de cinéma.

— Si je me souviens bien, tu as une autre fille ?

— Et un fils de seize ans et demi qui renonce à son bac.

Chabot flairait le piège, restait décidé à ne pas s'y laisser prendre. Son esprit était agile et il en était ravi.

— Ta femme va bien ?

— Elle rajeunit.

— La clinique marche comme tu veux ?

— Plutôt trop bien.

Il était prêt à tricher au besoin.

— Je comprends que l'incident de cet après-midi t'ait inquiété. A mon avis, il y a peu de chances pour qu'il se répète, à moins que tu ne te laisses impressionner. Depuis combien de temps n'as-tu pas pris de vacances ?

— Un an et demi.

— Longues ?

— Une semaine.

— En famille ?

Il hésita, se contenta d'une réponse sommaire :

— Chacun a l'habitude d'aller de son côté.

— Cela vaut mieux pour toi. Une semaine n'est pas assez. Tu as ressenti d'autres troubles ?

Il fit non de la tête. Il n'y avait pas communion,

par sa faute, parce qu'il s'obstinait à rester en dehors, que cela devenait presque un jeu.

— Tu es sûr que tu ne veux pas un verre de bière ? Cela ne te dérange pas que j'en prenne un ?

Il allait chercher une bouteille dans le réfrigérateur de la cuisine et Chabot l'entendit qui en profitait pour parler à mi-voix à quelqu'un, sans doute la femme couchée dans la pièce voisine du salon quand il était arrivé.

Barnacle ne portait pas d'alliance, continuait à vivre en bohème, comme au Quartier Latin, continuait sans doute aussi à changer de partenaire quand la fantaisie lui en prenait.

Il disait en rentrant :

— Si tu étais un patient ordinaire, je te conseillerais peut-être, par routine, un électro-encéphalogramme. Pour cela, il faudrait que je te fasse venir à mon service, car je n'ai pas d'appareil ici et j'ai besoin d'une assistante. Tu n'es pas épileptique, car tu le saurais. Quant à la possibilité d'une lésion...

Il l'écartait du geste, se rasseyait, son verre à la main.

— Je pourrais aussi t'appliquer des tests... Tu te souviens de celui de Catell, qu'on nous obligeait de faire et refaire indéfiniment à des débiles mentaux ?... Pas question avec toi, évidemment... Je ne te vois pas non plus jouant aux petits jeux du test de Rorschach... Ces trucs-là paraissent idiots... On s'en sert sans trop y croire, parce qu'ils sont dans tous les traités... De temps en temps, ça ne vous en met pas moins sur une piste inattendue... Tu n'as pas l'air non plus du type à réagir au test de Mira... Tu te le rappelles ? Non ?...

» Nous aurions l'air bête, tous les deux... Je te demanderais de tracer sur une feuille de papier des lignes d'avant en arrière, d'arrière en avant, de gauche à droite, puis vice versa, d'abord les yeux ouverts, ensuite les yeux fermés...

» Il paraît qu'en comparant les tracés on obtient une indication sur la tendance égocipète du patient et qu'on peut mesurer son degré d'agressivité...

» Tu es agressif, toi ?

Il riait en buvant sa bière.

— L'ennui, vois-tu, avec des gens comme toi, c'est que vous en savez trop et que cela fausse tous les tests. Si je te pose une question, tu vois tout de suite quelle conclusion je peux en tirer. Est-ce vrai ?

— Evidemment.

— Donc, tu répondras en sorte que j'en arrive à ta propre conclusion. Toi, dans ton métier, tu as plus de chance. Même si les femmes essaient de te mentir, tu disposes d'indications concrètes.

— Dans certains cas, elles parviennent à me tromper.

— Pas pour longtemps. J'hésite entre deux solutions à te conseiller, sachant d'avance que tu ne choisiras ni l'une ni l'autre.

— Dis toujours.

Chabot était sûr, dès à présent, que son ami n'avait pas compris. Il se croyait en présence d'un cas banal, qu'on pouvait traiter avec le temps. L'idée ne l'avait pas effleuré que c'était en réalité une question d'heures.

— La première solution, c'est que, demain matin, tu prennes un train ou un avion, de préférence avec une jolie femme, et que tu passes quelques semaines n'importe où, à Venise, à Naples, en Espagne ou en Chine. A toi de choisir le climat que tu préfères. Tu ne laisses pas ton adresse. Tu t'arranges pour qu'on te fiche la paix. Bien entendu, c'est non. J'en ai l'habitude. Je n'ai pas encore vu quelqu'un admettre qu'on pouvait se passer de lui, que sa présence n'était pas indispensable, que son départ ne déclencherait pas les pires catastrophes. C'est ton cas aussi ?

— A peu près.

— J'en arrive donc à la seconde solution. Tu viens demain matin à mon service et nous commençons la série des analyses, des radios, des tests, de tout le tremblement. Après quoi, si tu ne te sens pas entièrement rassuré, tu viens bavarder avec moi, ici, en tête à tête, comme ta fille l'a fait, deux ou trois fois par semaine. Pour cette méthode non plus, je suppose, tu n'as pas le temps ?

La voix de Barnacle n'était plus tout à fait la même, ni son regard derrière les verres grossissants. S'il restait curieux en apparence, bon enfant, un peu sceptique, il y avait dans son attitude comme un appel, en même temps qu'une promesse tacite de compréhension.

— Je ne te demande pas de prendre une décision ce soir... Que tu aies un urgent besoin de repos, cela saute aux yeux et je ne t'apprends rien en te le répétant... Qu'il y ait lieu de t'alarmer, c'est une autre histoire... Pour l'instant, je suis tenté de te dire que non, mais, pour me montrer plus catégorique, je préférerais en savoir davantage...

Aurait-il parlé ainsi s'il avait su que Chabot avait un automatique dans sa poche ? L'aurait-il laissé partir ? Car il le laissait partir. Il n'essayait plus de le retenir. Il avait peut-être envie de poser d'autres questions. En présence d'un confrère et d'un ami, il ne se permettait pas d'insister.

Comme Chabot se levait, il lui demanda :

— Tu as ta voiture ?

— Non.

— Je vais t'appeler un taxi.

— J'en trouverai un au bas de la rue.

— A cette heure-ci, ce n'est pas certain.

Il prenait la précaution de téléphoner et c'était signe qu'il n'était pas si rassuré.

— Je suppose que tu n'as pas envie de dormir ici ? ajoutait-il en désignant la couche destinée aux patients.

Il « brûlait », comme disent les enfants lorsqu'ils jouent à retrouver un objet caché. Encore quelques questions, quelques réponses, même prudentes, et il ne le laisserait plus partir.

Chabot se sentait encore capable de jouer au plus fin avec lui ; il allumait une cigarette d'un geste naturel, dégagé, questionnait, tandis que son ami attendait qu'on réponde à l'appareil :

— Toujours pas marié ?
— Jamais !
— Tu n'as pas changé.
— Sauf ceci...

Il se passait la main sur le crâne couvert de taches brunâtres.

— Et ceci...

Il tapotait son ventre bedonnant.

— Allô ! Voulez-vous envoyer une voiture au coin de la rue Caulaincourt et de la rue de Maistre ?... Un instant... Tu rentres directement chez toi ? Tu habites toujours Auteuil ?...

Chabot mentait, répondait oui, éprouvait une subtile jouissance à tromper son ancien camarade. Au fond, l'idée de cette visite se révélait quasi géniale, car il venait, sans en avoir l'air, de mettre un point final à la série de témoignages. Et quel témoignage plus sensationnel que celui d'un psychiatre ? Il en riait intérieurement.

— Qu'est-ce qui t'amuse ?
— Rien... Un souvenir...

Il craignit d'être allé trop loin, car le front de Barnacle se plissait. Pour donner plus de fondement à une gaieté plus visible qu'il ne l'aurait cru, il expliquait :

— Je pense à deux femmes que j'ai rencontrées tout à l'heure chez mon beau-frère, deux Américaines, la mère et la fille... Ce serait trop long à te raconter et je pense qu'on t'attend à côté...

Il avait hâte de sortir d'ici, car il n'était plus aussi sûr de ne pas se trahir. L'envie devenait presque irrésistible de défier Barnacle, de lui en dire trop et pas assez, de le faire passer par toutes les alternatives. Il en était capable, encore qu'avec un homme comme son ami un mot de trop suffirait, peut-être un regard. C'est pourquoi il évitait de le regarder.

— Je ne dis pas qu'un de ces jours, si mes patientes ne sont pas trop pressées d'accoucher...

— Tu me trouveras ici toutes les après-midi et presque tous les soirs.

La porte était ouverte. Une main se tendait vers la minuterie. Il avait encore la possibilité de parler.

Après, ce serait fini. Il serait livré à lui-même. Il n'y aurait plus rien pour l'aider. Il s'en rendait compte et il avait pitié de lui.

L'ascenseur montait, mais il n'était pas obligé de le prendre, ni le taxi, devant la porte.

— Essaie quand même de te reposer. Ce n'est probablement rien de méchant, mais c'est peut-être un signal...

Un feu rouge, en somme ! Arrêt obligatoire ! Après, plus rien ! Un trou.

— Merci, mon vieux...

Barnacle, pour finir sur une note plaisante, murmurait comiquement en regardant son ventre :

— Je ne peux pas dire : à charge de revanche !

Son regard était triste. Il restait sur le palier, à attendre que l'ascenseur arrive en bas et que la porte extérieure se referme, afin d'actionner la minuterie si la lumière s'éteignait trop tôt.

Dans la rue, Chabot ne savait que dire au chauffeur, ni quelle adresse donner. Il n'allait nulle part. Il finit par lancer au petit bonheur :

— Rue de Siam...

Ce n'était pas nécessairement un but. Il s'arrêterait peut-être en route. Il avait perdu, chez Barnacle, ce qui lui restait d'énergie. Sa légèreté, sa lucidité de là-haut avaient fondu. Il ne pensait même plus, alors qu'une heure plus tôt, devant le cinéma, il restait capable d'évoquer avec précision des souvenirs vieux de plus de vingt ans.

Sa main, dans sa poche, cherchait le contact de l'automatique et c'était le dernier plaisir qu'il lui restait.

Il reconnaissait néanmoins le boulevard de Courcelles, la maison encore éclairée de son beau-frère, sa voiture, maintenant en tête des autres. Il frappa à la vitre. Le chauffeur la fit glisser sur le côté.

— Déposez-moi ici.

— Je croyais que je devais vous conduire à Auteuil.

Il n'était pas content. Chabot s'était trompé. Après Barnacle, il y aurait encore un témoin, mal disposé à son égard, celui-ci. Chabot faillit lui donner tout l'argent qu'il avait en poche, se disant qu'il n'en aurait plus besoin, se ravisa en pensant qu'il aimerait boire un dernier verre.

Au volant de son auto, il roula encore plus doucement qu'à son retour de Versailles et il lui semblait déjà que son pèlerinage à l'appartement de son enfance datait de plusieurs semaines.

Barnacle n'avait-il pas parlé d'un test pour mesurer l'agressivité ? Le test de Mira ?... Il aurait été curieux de savoir ce que ce test aurait donné dans son cas, au moment où il détestait le monde entier et où il commençait à détester Barnacle aussi.

Il était heureux, lui, satisfait de lui-même, malgré sa laideur, sa calvitie, son gros ventre, ses dents jaunes, écartées, qu'il ne se donnait pas la peine de soigner. Il ne se compliquait pas l'existence et, selon sa propre expression, il suivait sa routine comme un cheval de cirque.

Ce n'était pas vrai, soit. Il faisait comme si c'était vrai. Chabot aussi avait fait comme si c'était vrai, mais, lui, il avait le courage de regarder la vérité en face et d'agir en conséquence.

Ce ne serait plus long. Il pouvait se permettre de perdre un peu de temps. Il arrêtait la voiture place des Ternes, devant les vitres éclairées d'un café. Dehors, deux filles le regardaient avec insistance et l'une d'elles, vêtue d'un tailleur trop léger, était blême de froid.

Il y en avait d'autres à l'intérieur, d'une catégorie au-dessus, supposa-t-il. La plus maigre avait exactement le même maquillage qu'Eliane.

— Un cognac...

Il oublia de dire : dégustation. Cela n'avait pas d'importance. Il pouvait en boire deux, quatre, cinq, toute la bouteille s'il lui en prenait la fantaisie.

Rien ne l'obligeait plus à rien. Il n'existait plus d'empêchement non plus, de choses défendues. Pour la première fois de sa vie, il était libre.

Au fond, cependant, il se sentait un peu triste de s'en aller et il commençait à se demander comment il s'y prendrait. La question était sérieuse, pas tant à cause du geste que pour ce qui se passerait après.

Il lui répugnait d'être transporté par la police ou par des ambulanciers à la permanence d'un hôpital où l'on fouillerait ses poches pour établir son identité.

Il en revenait encore une fois à cette histoire de témoins qui tournait à la hantise. Eh bien ! il en fallait un dernier, pour lui, pour se donner du courage. C'était bête, car il n'avait pas peur. Il n'en avait pas moins besoin que quelqu'un soit là pour le regarder.

Viviane était rentrée chez elle. Elle était allée au cinéma, puis elle avait eu envie de manger un morceau en ville.

Il n'éprouvait pas le besoin d'un second verre. Il se sentait calme. Peu importaient désormais les pourquoi. Il ne se posait plus de questions. Du moment qu'il avait pris sa décision, les problèmes disparaissaient. Comme chirurgien, il en avait l'habitude. Ce n'était plus qu'une opération à pratiquer, assez banale en définitive.

Il préparait le champ opératoire, sans infirmières, sans bottes, sans gants de caoutchouc et sans masque.

Tant pis pour Barnacle, qui s'adresserait des reproches toute sa vie ! Cela n'avait tenu qu'à un fil. Chabot lui avait presque tendu la perche quand il s'était mis à rire, puis encore, il ne savait plus comment, sur le palier, en attendant l'ascenseur qui montait avec des soubresauts.

Il y aurait des discours, un du doyen, en tout cas, qui est de tradition pour les membres de la Faculté.

Cette fois-ci, il n'oubliait pas de payer et on n'était pas obligé de le rappeler parmi les rires. Les regards des femmes le suivaient jusqu'à sa voiture et celle qui avait froid se penchait à la portière.

— Tu m'emmènes ?

Si elle avait su où il allait !...

Il avait baissé la vitre et il sentait l'air frais sur

son visage. C'était agréable, comme un plaisir familier auquel on ne fait plus attention. Un instant, il crut qu'il s'était perdu, tourna en rond, retrouva la rue de la Pompe.

Il était dans son quartier. Il eut la curiosité de passer devant chez lui, vit de la lumière dans la chambre de sa femme qui se préparait pour la nuit. Les autres fenêtres étaient obscures.

Il s'arrêta rue de Siam, sans prêter attention à un scooter appuyé au trottoir. L'immeuble qu'habitait Viviane était neuf, cossu, avec, comme chez Philippe, une porte de verre protégée par de la ferronnerie.

Il dit son nom en passant dans le premier hall, car la concierge était habituée à ses visites nocturnes. Il devait ensuite traverser une cour pavée, entrer dans un second bâtiment semblable au premier. L'appartement de Viviane était à gauche, au rez-de-chaussée, il en avait la clef. Il y avait toujours, sous l'escalier, des voitures d'enfant et des poussettes.

Il n'en était pas encore là. Il était dans la cour, cherchant la clef dans sa poche, jetant un coup d'œil machinal aux volets métalliques dans lesquels des trous, à une certaine hauteur, formaient une sorte de rosace.

Il était surpris d'y découvrir de la lumière, non seulement dans la chambre, mais dans le living-room.

Il ne pensait pas. L'idée qui lui venait était assez vague. La surprise ne serait-elle pas plus grande s'il restait ici et si Viviane entendait soudain une détonation sous ses fenêtres ? Elle n'avait jamais l'air de le croire quand il lui disait que cela ne lui ferait rien de s'en aller et même qu'il en avait parfois envie. Elle devait se figurer que c'était un moyen d'exciter sa pitié...

Sans avoir pris de décision, il s'approchait d'une des fenêtres et il entendait des voix.

Ce n'était pas la radio, car il reconnaissait la voix de sa secrétaire. Il pouvait même la situer dans la chambre à coucher, et elle parlait assez fort pour qu'on l'entende du living-room, d'où une voix d'homme lui répondait.

Cet homme-là, au son, il pouvait le situer aussi, sans crainte de se tromper, dans son fauteuil à lui, un fauteuil anglais que Viviane lui avait offert pour sa fête parce qu'il se plaignait de n'être pas à l'aise dans les fauteuils étroits de l'appartement.

L'accent, s'il en avait été besoin, lui aurait révélé que c'était un étudiant hongrois que Viviane lui avait présenté dans la cour de Port-Royal.

Il s'appelait Enoch Mikulski et il avait à peine vingt-deux ans, les cheveux noirs et frisés, des yeux brillants comme ceux des Orientaux.

C'était un réfugié. Sa famille avait été entièrement anéantie. Très pauvre, il ne suivait pas les cours de Chabot, mais les cours de gynécologie du professeur Blanc, dans le même bâtiment.

« — Si vous pouviez obtenir pour lui un poste rétribué, si peu que ce soit ! Il me fait pitié, bien qu'il ne se plaigne jamais. Je sais, par ses camarades, qu'il mange rarement à sa faim. »

C'était dans la cour de la Maternité, pendant qu'elle attendait son patron, que Viviane avait fait la connaissance du Hongrois. Parfois, au moment de sortir, ou d'en haut, en regardant par une fenêtre, Chabot le voyait accoudé à la portière de la voiture.

Il ne l'aimait pas. Cela devait se voir à son attitude. Il affectait de ne jamais parler de lui à Viviane. Il n'en avait pas moins glissé une phrase à Blanc en faveur de Mikulski, sans insister, et il ne s'était pas donné la peine, ensuite, de s'informer du résultat de son intervention.

Ils s'entretenaient d'une pièce à l'autre, sur un ton égal, paisible, exempt d'excitation, comme des gens qui ont dépassé le cap où on parade l'un devant l'autre. Chabot ne distinguait pas les mots. C'était le rythme de leur conversation qui le frappait, par ce qu'il révélait d'intimité réelle.

Après la décision qu'il avait prise, à ce moment-là précisément, c'était comme une ultime injure. On ne lui avait jamais rien épargné et, alors qu'il était sur le point de s'en aller, sans malédictions et sans révolte, on lui réservait cette dernière déception.

Viviane, en connaissance de cause, avait éloigné de lui la petite Alsacienne. Pendant des mois, elle avait maintenu comme un cordon sanitaire et elle n'avait pas sourcillé, n'avait manifesté aucun remords quand l'inspecteur de police lui avait montré la photographie de la noyée.

Tout ce temps-là, elle voyait Mikulski en cachette, le recevait chez elle où il avait pris ses habitudes et où il était aussi à son aise que Chabot lui-même.

La haine imprécise qui lui serrait la gorge tout à l'heure, quand il sortait de chez Philippe, lui revenait, plus intense, et elle avait maintenant un objet déterminé.

Il pénétrait dans le second bâtiment, tournait la clef dans la serrure, sortait l'automatique de sa poche, cherchant du pouce le bouton granuleux qui devait être la sûreté.

Assis dans le fauteuil anglais, Mikulski le regardait venir, de l'étonnement dans ses yeux noirs. L'idée ne lui venait pas de se lever. Il restait là, les jambes croisées, une cigarette à la main, cependant que Viviane, qui n'avait pas entendu le bruit de la porte, continuait à parler en se démaquillant. Elle était devant sa coiffeuse, en combinaison, et une bretelle avait glissé de l'épaule.

Cela dura très peu de temps, quelques secondes, et pourtant Chabot découvrit alors la véritable signification de son long et angoissant cheminement.

Il avait toujours hésité à faire le geste. Toute la journée, il avait hésité, comme s'il cherchait une impossible solution de rechange.

Or, voilà que cette solution lui était offerte. Il n'avait plus besoin de se tuer. Il n'avait plus besoin de faire appel à son ami Barnacle. D'autres s'en chargeraient, se chargeraient en outre de questionner la kyrielle de témoins qui prenaient enfin leur sens.

— Pourquoi ne réponds-tu pas ? questionnait calmement Viviane.

Elle tournait à moitié la tête, découvrait Chabot, le revolver, poussait un petit cri ridicule, en disproportion avec l'événement.

Chabot levait la main qui tenait l'arme, hésitait, non à tirer, mais sur la cible qu'il choisirait. Le canon allait de l'un à l'autre. Il était très lucide. Il y avait longtemps qu'il ne s'était senti aussi lucide.

Il aurait pu les tuer tous les deux mais, dans ce cas, il n'y aurait eu personne pour témoigner. Il préférait Viviane dans ce rôle. Comme pour lui enlever sa dernière hésitation, elle se levait, bougeait, ce qui faisait d'elle une moins bonne cible.

Sa seule crainte était que l'arme ne fonctionne pas, qu'elle s'enraie, comme il avait lu que cela se produit parfois.

La première détonation entraîna les autres. Il tirait presque à bout portant, à la tête, à la poitrine, au ventre. Quand il pensa que c'était la dernière balle, et comme le Hongrois remuait encore, il lui appuya le canon sur la tempe, en s'effaçant pour ne pas être atteint par le sang.

— Tu vois ! disait-il, cherchant Viviane des yeux.

Ses doigts s'étaient tellement crispés sur l'automatique qu'il eut de la peine à les en détacher et l'arme tomba sur le tapis.

Il s'essuya le front avec son mouchoir, bien qu'il ne fût pas en sueur, regretta de ne pouvoir s'asseoir dans son fauteuil où le mort était tassé.

Il restait debout, à regarder Viviane qui n'osait pas faire un geste, finissait par lui lancer avec un certain agacement :

— Téléphone donc à la police...

C'était fini.

Il avait sommeil, tout à coup.

Noland (Vaud), le 15 mars 1960.

Composition réalisée par JOUVE

IMPRIMÉ EN ALLEMAGNE PAR ELSNERDRUCK
La Flèche (Sarthe)
Dépôt légal Editeur : 28381-11/2002
LIBRAIRIE GÉNÉRALE FRANÇAISE - 43, quai de Grenelle - 75015 Paris.
ISBN : 2 - 253 - 14289 - 1

L'OURS EN PELUCHE

Georges Simenon, écrivain belge de langue française, est né à Liège en 1903. Il décide très jeune d'écrire. Il a seize ans lorsqu'il devient journaliste à *La Gazette de Liège*, d'abord chargé des faits divers puis des billets d'humeur consacrés aux rumeurs de sa ville. Son premier roman, signé sous le pseudonyme de Georges Sim, paraît en 1921 : *Au pont des Arches, petite histoire liégeoise*. En 1922, il s'installe à Paris avec son épouse peintre Régine Renchon, et apprend alors son métier en écrivant des contes et des romans-feuilletons dans tous les genres : policier, érotique, mélo, etc. Près de deux cents romans parus entre 1923 et 1933, un bon millier de contes, et de très nombreux articles...
En 1929, Simenon rédige son premier Maigret qui a pour titre : *Pietr le Letton*. Lancé par les éditions Fayard en 1931, le commissaire Maigret devient vite un personnage très populaire. Simenon écrira en tout soixante-douze aventures de Maigret (ainsi que plusieurs recueils de nouvelles) jusqu'à *Maigret et Monsieur Charles*, en 1972.
Peu de temps après, Simenon commence à écrire ce qu'il appellera ses « romans-romans » ou ses « romans durs » : plus de cent dix titres, du *Relais d'Alsace* paru en 1931 aux *Innocents*, en 1972, en passant par ses ouvrages les plus connus : *La Maison du canal* (1933), *L'homme qui regardait passer les trains* (1938), *Le Bourgmestre de Fumes* (1939), *Les Inconnus dans la maison* (1940), *Trois Chambres à Manhattan* (1946), *Lettre à mon juge* (1947), *La neige était sale* (1948), *Les Anneaux de Bicêtre* (1963), etc. Parallèlement à cette activité littéraire foisonnante, il voyage beaucoup, quitte Paris, s'installe dans les Charentes, puis en Vendée pendant la Seconde Guerre mondiale. En 1945, il quitte l'Europe et vivra aux Etats-Unis pendant dix ans ; il y épouse Denyse Ouimet. Il regagne ensuite la France et s'installe définitivement en Suisse. En 1972, il décide de cesser d'écrire. Muni d'un magnétophone, il se consacre alors à ses vingt-deux *Dictées*, puis, après le suicide de sa fille Marie-Jo, rédige ses gigantesques *Mémoires intimes* (1981). Simenon s'est éteint à Lausanne en 1989. Beaucoup de ses romans ont été adaptés au cinéma et à la télévision.

Paru dans Le Livre de Poche :

LES COMPLICES
LA DISPARITION D'ODILE
EN CAS DE MALHEUR
L'ENTERREMENT DE MONSIEUR BOUVET
LES FANTÔMES DU CHAPELIER
LA FUITE DE MONSIEUR MONDE
LE GRAND BOB
L'HORLOGER D'EVERTON
LA JUMENT PERDUE
LETTRE À MON JUGE
LA MORT DE BELLE
LE PASSAGER CLANDESTIN
PEDIGREE
LE PETIT HOMME D'ARKHANGELSK
LE PRÉSIDENT
LES QUATRE JOURS DU PAUVRE HOMME
STRIP-TEASE
TROIS CHAMBRES À MANHATTAN

31/4289/0